KB116323

누가
후계자를
죽였는가

LE SUCCESSEUR
by Ismaïl Kadaré

이 도서의 국립중앙도서관 출판시도서목록(CIP)은
e-CIP 홈페이지(http://www.nl.go.kr/cip.php)에서 이용하실 수 있습니다.
(CIP제어번호: CIP2008000330)

누가
후계자를
죽였는가

Le Successeur

이스마일 카다레 장편소설

이창실 옮김

문학동네

이 소설에서 이야기한 사건들은 인류의 기억이라는 샘,
우리가 사는 시대를 포함해 언제라도 다시 솟아날 수 있는
이 영원한 기억의 샘에서 길어올린 것이다.
따라서 이 이야기는 실제 상황 및 인물들과의 유사성을
피해갈 수 없을 것이다.

이스마일 카다레

** 제1장 **

12월의 자살 사건

1

후계자로 지명된 이가 침실에서 죽은 채로 발견된 것은 12월 14일 새벽녘이었다. "신경쇠약에 시달리던 후계자는 12월 13일 밤 사이, 총기로 스스로 목숨을 끊었습니다." 알바니아 텔레비전 방송은 정오에 이 사건을 간략하게 보도했다.

국제통신사들은 알바니아 정부의 공식 발표 내용을 전 세계로 타전했다. 오후가 되어서야, 유고슬라비아 라디오 방송이 제기한 타살 의혹을 놓고 두 가지 가능성을 모두 고려해 뉴스 속보를 부분적으로 수정했다.

끝간데없이 펼쳐진 12월의 하늘 한가운데에는 이 소식을 멀리까지 퍼뜨리려는 듯, 성난 구름떼가 피어올랐다.

이 사건은 알바니아 전역을 술렁이게 했지만 국장(國葬)이 발표되거나 텔레비전, 라디오 정규 방송에 갑작스러운 변동이 생긴 것은 아니어서 예상했던 만큼의 충격을 부르지는 못했다. 처음의 당혹감이 가시자 사람들은 여기저기서 들려오는 해명의 소리에 고개를 끄덕였다. 알바니아는 십자가를 부인했지만, 기독교 신앙에서 그렇듯 자살은 암암리에 비난받아 마땅한 행위로 간주되었던 것이다. 게다가 지난가을 내내, 특히 겨울의 초입으로 접어들면서 후계자의 몰락은 누구나 예상하고 있던 터였다.

2

조종(弔鐘)을 울리던 관습에서 오래전에 탈피한 사람들은 다음날 아침 초상의 기미가 발견될 만한 곳이면 아무 데고 기웃거렸다. 관공서 정문 앞을 서성이거나, 라디오에서 흘러나오는 음악에 귀 기울이거나, 우유 가게 앞에 늘어선 사람들 대열에 끼어 이웃의 얼굴을 살피기도 했다. 그러나 시간이 지나도 조기(弔旗)는커녕 장송곡도 흘러나오지 않자, 처음에는 그저 절차상의 문제로 지연되었으려니 여기던 사람들도 급기야 사태를 파악하기에 이르렀다.

전 세계 뉴스 통신사들은 여전히 자살이냐 타살이냐의 두 가지 가능성을 놓고 사건을 보도하고 있었다.

어쩌면 후계자는 고의적으로, 하나가 아닌 두 개의 수의에 싸여 특별한 방식으로 이승을 하직하려 한 것인지도 모른다. 마치 수소 한 마리로는 성에 차지 않다는 듯, 검은 수소 두 마리가 끄는 수레를 타고 가기로 마음먹은 것일 수도 있다.

이 사건에 대한 새로운 정보를 얻게 되리라는 기대로 걱정스럽게 조간신문을 펼쳐들면서도 사람들은 실상 자살과 타살, 이 두 가지 죽음 중 어느 쪽이 자신들에게 덜 가혹하게 와 닿는지를 가늠해보고 있었다.

언론을 통해 새 소식을 입수하지 못한 사람들은 저녁 식사 후의 담화에서 오가는 신통치 못한 정보들로 만족해야 했다. 후계자가 죽던 날 밤은 정말이지 끔찍했노라는 누군가의 말에 다들 수긍했다. 모두가 목격한 사실인지라 결코 환각의 소치로 돌릴 수 없는 증언이었다. 번개가 번쩍이고 비가 억수로 쏟아지고 광풍이 몰아쳤다! 불안에 가득 차 있던 지난가을 이래로 후계자가 정신적으로 괴로운 시기를 보냈다는 것을 모르는 사람은 없었다. 실제로 다음날 아침 그는 정치국 최종 회의에 참석할 예정이었고, 이 회의에서 자아비판을 거친 뒤에 분명히 잘못을 용서받았을 것이었다.

그러나 기박한 팔자를 타고난 사람들이 구원의 문턱까지 다다랐다가도 돌연 심연의 나락으로 굴러떨어지는 것처럼, 후계자 역시 지나치게 성급한 감이 없지 않았다. 그는 이렇게 말없이 가버리는 것에 대해 용서를 구하는 편지 한 통을 남겨놓고 스스로 생을 마감해버린 것이다.

그가 죽던 날 밤 식구들은 모두 집 안에 있었다. 저녁 식사를 마친 뒤 그는 침실에 들어가기 전에 아내에게 다음날 아침 여덟시에 깨워달라는 부탁을 남겼다. 수주 전부터 불면증에 시달려온 그의 아내는, 자신도 이해할 수 없다고 나중에 인정했듯이, 웬일인지 그날 밤에는 깊은 잠에 빠져들었다. 한편 딸은 밤늦게까지 아버지의 방에서 새어나오던 불빛이 새벽 두시경에 꺼지는 것을 보고서야 잠자리에 들었다. 밤사이 폭발음 따위를 듣거나 한 사람은 아무도 없었다. 고인의 가족들 입에서 나온, 혹은 나온 듯한 정보는 대충 이러했다.

그런가 하면 국가 관리들의 거주 지역인 '블로쿠'라 불리는 통제구역에서 몇 가지 또다른 정보가 흘러나왔다. 그날 밤 유난히 비바람이 기승을 부리는 와중에도 블로쿠를 오간 차량이 평소보다 훨씬 많았다는 사실이다. 더 이상한 점은 자정 무렵, 아마도 자정이 살짝 지난 시각에 고인의 집으로 잠입하는 한 남자의 형체가 눈에 띄었다는 것이다. 그는 고위 관료로서…… 절대로 입에 담아서는 안 되는 인물이었다…… 즉, 최고위 관료 한 사람이…… 고인의 집으로 들어간 다음…… 곧 다시 나왔다는 말이었다……

3

알바니아 관련 서류들은 두꺼운 먼지로 뒤덮인 채 곰팡이가 슬어가고 있었다. 정보기관 내부에서 이같은 태만이 발견된 것은 결코 처음이 아닐 터였다. 이런 사실이 발각되면 으레 상급자들 중 일부에게 은근한 질책과 함께 감시가 따르고, 자책감에 시달린 부하직원들은 곧 서류를 다시 열어보고는 결코 임무를 소홀히하지 않겠다고 다짐할 것이다. 쉽사리 상상이 가는 상황이다.

알바니아에 관한 정보들은 대부분 오래되어 못 쓰거나 간혹 눈에 띄게 낭만이 가미되곤 했다. '독수리들의 땅'(슈키페리야)이라는 이름의 작은 나라. 일리리아인의 뒤를 이어 그 언어를 보존해온 발칸 반도의 유서 깊은 민족. 20세기 벽두에 오토만 제

국의 잔해에서 탄생한 신생 국가. 가톨릭, 그리스 정교, 이슬람교라는 세 가지 종교를 신봉하는 이 나라는 프로테스탄트 신앙을 지닌 독일 군주 치하에서 군주제를 선포한다. 그후 알바니아인 주교의 통솔하에 공화국이 되지만 곧 내란으로 전복되고 내란을 지휘한 원주민이 왕위에 오른다. 하지만 이 왕 역시 이탈리아 군주에 의해 타도당하는데, 알바니아 왕권을 탈취한 이 군주는 곧 자신을 '이탈리아와 알바니아의 왕이자 아비시니아의 황제'로 선포한다. 그리하여 알바니아인은 역사상 처음으로 아프리카 흑인과 동등한 관계로 한 국가를 형성하기에 이른다. 그러나 이런 기이한 짝짓기에 뒤이어 알바니아는 갑작스레 공산 독재 권력의 손아귀로 넘어간다. 새로운 친선관계와 괴상한 동맹이 엄숙하게 선포된 뒤, 곧이어 오만한 손길 아래 파기되고 만 것이다.

그런데 이 부분을 다룬 역사, 특히 알바니아가 러시아 및 중국과 빚었던 두 차례의 중대한 불화에 이르면 대부분의 서류에서 사후 수정의 흔적이 발견된다. 거기에는 분석과 성찰, 정보 및 예측을 담은 수많은 별도의 문서들이 첨부되어 있고 그것들 대부분은 물음표로 끝나 있다. 이 첨부 문서들은 대부분 알바니아가 지향해야 할 노선, 즉 서방이냐 아니면 또다시 동방이냐를 문제삼고 있었다. 그러나 이에 대한 답변은 그때까지 해답을 얻지 못한 다른 문제들과 연관되어 있던 만큼 더욱 모호하기만 했다. 알바니아를 자기 편으로 끌어들이는 게 서구가 원하는 바였을까? 몇몇 성명서에는 공산 진영과 서구 사이에 비밀 협정이 체결되었을지도 모른다는 가능성이 언급되어 있었다. 요컨대, 우리는 알바니아를 포기하겠지만 대신, 너희도 이곳에 발을 들여놓지 않는다는 약조를 받아야겠다는 식이었다. 이를 노골적으로 문제삼는 공문을 인용한 서류가 발견되기도 했다. 즉, 서구가 하찮은 알바니아의 비위를 맞추느라 소비에트 공산 진영의 경계를 불러일으킬 필요가 있을까. 차라리 좀더 확실한 먹잇감인 체코슬로바키아 같은 나라를 구슬리는 게 더 낫지 않을까, 하는 내용이었다.

그러나 서구의 이같은 관심은 세월이 지나면서 눈에 띄게 시들해져, 정보기관 파일에 보관된 문서에는 왕실을 상징하는 가금류나 독수리, 때로는 카논(Canon) 혹은 카눈(Kanun)이라 불리는 오래된 관습법 등 예스러운 감상적 표현들이 넘쳐나게 되었다.

이 모두는 수년 뒤에 알바니아가 중국과의 관계를 청산할 때 연출될 상황을 위한 예행연습에 불과했다. 차후에도 동일한 질문이 제기되고 동일한 답변이 주어졌다. 내용이 좀더 무미건조해지고 '체코슬로바키아'가 '폴란드'로 바뀐다는 것을 제외하고는 결과물 역시 이전과 유사했다.

　매서운 추위가 닥쳤던 그해 12월, 후계자의 사망 소식은 세번째로 알바니아 관련 서류들에 쌓인 먼지를 털어내게 했다. 정보기관에서는 상관들이 더한층 신랄하게 부하직원을 질책했다. 이제 지겨운 민간설화나 독수리, 매 따위는 집어치워! 우리는 이 나라에 대한 진지한 보고가 필요하단 말이야! 발칸 반도에는 소요의 조짐이 팽배해 있었다. '외곽 알바니아' 혹은 '코소보'라 불리는 알바니아 북동부 지역에서 일어난 소요 사태를 진압한 참이었다. 그런데 이 반란과 최근 알바니아 한복판에서 발생한 자살 사건 사이에 무슨 관계가 있는 것일까?

　한 서류에는 "알바니아인의 수는 백만인가, 육백만인가?"라는 문장에 신경질적으로 붉은 테두리가 쳐진 채 물음표 뒤에 연달아 느낌표가 붙어 있었다. 그 뒤에는 "말도 안 돼!"라는 탄식이 휘갈겨져 있었다. 이 익명의 주석자에 따르면, 이처럼 모호하고 불분명한 보고는 도무지 상상할 수 없는 일이었다. 같은 페이지 좀더 아래쪽의 "기독교도인가, 이슬람교도인가?"라는 문장에도 마찬가지로 물음표와 함께 여백에 연필로 쓰인 글귀가 발견되었다. "알바니아 인구가 백만이 아니라면, 그리고 유고슬라비아인의 주장대로, 전 인민이 이슬람교도가 아닐뿐더러 실제로는 인구가 그보다 여섯 배로 많아 발칸 반도의 다른 민족들 규모

와 맞먹는다면, 가톨릭, 그리스 정교, 이슬람교 신앙이 공존한다면 이 반도에 대한 우리의 지정학적 관점은 완전히 수정되어야 할 것이다."

알바니아에 뿌리박은 첩보망이 완전히 노후했을 뿐 아니라 첩보원들 상당수가 이제는 늙고 기력이 빠져 알바니아의 비밀경찰인 시구리미*편으로 넘어갔다는 사실을 맨 먼저 확인한 것은 미국의 한 정보기관이었다. 후계자의 죽음 이후 알바니아에서 흘러나온 정보들이 그토록 큰 혼란을 야기했던 것도 분명 이 때문일 것이다.

어쨌거나 살을 에는 12월의 삭풍 속에서 알바니아의 수도 북부에 위치한 공동묘지에서는 고인을 매장하는 절차가 진행되고 있었다. 고인의 가족을 비롯해 스무 명 남짓의 정부 고위 관리들이 참석한 자리였다. 행정 각부의 장관들과 다양한 기관의 책임자들이 눈에 띄었는데, 개중에는 과학학술원 원장의 덥수룩한 잿빛 머리도 보였다. 군인들과 다른 관료들의 손에는 화환이 들려 있었다. 추도사는 고인의 아들이 낭독했는데, "아버지, 고이 잠드소서"라는 마지막 부분에 이르러서는 목소리가 갈라졌다. 예포도 없었고 장송곡도 연주되지 않았다. 이 자리에서도 여전

---

* Sigurimi. 1943년 엔베르 호자가 창설한 알바니아 비밀 경찰국. 1991년에 폐지되었다.

히 자살은 지울 수 없는 오점으로 간주되었던 것이다.

이 모두를 서둘러 종결지으려는 듯, 12월의 밤이 티라너를 둘러싼 언덕들을 차례로 집어삼켰다. 널따란 시민 공동묘지 안에 무장한 군인 두 명이 홀로 남아 방금 구덩이가 메워진 후계자의 무덤 머리와 발치께에서 보초를 서고 있었다. 거기서 사십 보쯤 떨어진 생울타리 뒤편 어둠 속에서는 사복 차림의 사람들이 엎드려 망을 보았다.

4

시신이 매장되고 난 직후에 산 자들에게 찾아드는 안도감은 후계자의 경우에도 예외가 아니었다. 이런저런 이유로 미루어보 건대, 그들이 느낀 안도감이 어느 때보다 컸으리라는 것은 쉽사 리 상상이 가고도 남았다.

불안정한 날들에 이어 계절에 걸맞지 않은 고요가 찾아왔다. 며칠 날이 누그러지면서 12월 하늘에 포근한 기운이 퍼지자 그 간 사람들의 마음을 어지럽혔던 모든 것이 이윽고 쇠진하여 순 화된 듯 보였다. 자살이냐 타살이냐를 판가름하는 의문도 후계 자가 무덤 속으로 비밀을 품고 가버린 지금에 와서는 전처럼 무 게감 있게 다가오지 않았다.

시나브로 주민들은 고인의 현존이 야기했던 끝없는 공포에서 해방되었다. 고인의 시신이 마침내 암흑 속으로 사라지자, 그들은 한없이 이어질 것만 같았던 지난가을 동안 일어난 일들을 더 잘 이해할 수 있었다. 이제 그 사건과 그 전개 양상은 사뭇 다른 빛으로 조망되기 시작했다.

이 모두가 9월에 시작되었다. 여름휴가에서 돌아온 사람들은 예전 같으면 스캔들로 치부되었을 소문으로 도시 전체가 술렁이는 것을 알아챘다. 후계자가 외동딸을 막 약혼시키고 난 뒤였다. 게다가 그는 새 거처로 이사를 한 참이었고, 이 집의 건축을 두고 티라너 사람들은 적잖은 호기심을 보였다. 사실 이 '새 거처'란 후계자가 수년 전부터 소유하고 있던 빌라로, 지난여름 내내 어찌나 교묘한 솜씨로 개축을 했는지 몰라보게 달라진 모습이었다. 미신을 근절시키기 위한 수많은 캠페인에도 불구하고 '새집은 불행을 부른다'는 옛 속담이 여전히 효력을 발휘해, 가을로 접어들면서는 이 말이 현실화되는 듯했다. 후계자 자신이 이 속담을 믿었는지는 알 수 없지만 집들이가 있던 바로 그날, 그가 서둘러 딸의 약혼식을 치렀다는 사실은 끝없는 뒷공론의 대상이 되었다. 아마도 후계자는 이런 조처를 취함으로써 자신의 새집에 강제로라도 행운을 들여놓으려 했던 것 같다. 혹은 운명을 조롱하거나 농락하려 들었는지도……

모두가 초대에 응했다. 그의 가족을 비롯해 정부 관료들, 기타를 연주하는 딸의 약혼자는 물론, 이 예비 사위의 친척들과 새집을 설계한 건축가, 모두가 와 있었다. 만취한 건축가는 갑자기 흐느껴 울기 시작했으며, 사람들은 반짝이는 유리잔과 쉴 새 없이 터지는 카메라 플래시 사이를 뚫고 이리저리 거닐며 웃거나 울거나 했다. 그러나 파티의 열기가 채 가라앉기도 전에 지도자 동지가 걸어서 자신의 거처로 돌아가버렸다. 그의 참석과 축하 인사야말로 이날 파티의 정점을 이루었음에도, 갑자기 어디 온 것인지 알 수 없는 냉기가 거기에 남아 있는 모두를 덮치는 듯했다.

지도자 동지가 자신의 집으로 발걸음을 옮기다가 어떤 예기치 못한 소식을 들은 것일까? 두꺼운 검정 외투의 무게에 짓눌려 짧은 보폭으로 터벅터벅 걸어가던 도중에 그는 소식을 들었을까? 아니면 자신의 집 문앞에 이르렀을 때 접하게 된 것일까? 그 누구도 진상을 알 수 없었다. 어쨌든 불길한 징조를 담은 첫 소문이 이날 저녁부터 떠돌기 시작한 건 사실이었다. 즉, 후계자는 이 약혼을 승낙함으로써 정치적 오류를 범했다는 것이다. 사위가 될 젊은이의 부친인 베심 다클리는 유명한 지진학자로서 당의 허락을 받고 이따금 대학에서 강연을 했지만, 그래도 다클리 가(家)는 몰락한 구체제에 속하는 집안이었다. 평범한 관료의 딸이 이런 집안과 혼인가약을 맺는다면 눈감아줄 법도 하지만 후계자가 연루된 만큼 사정은 완전히 달랐다.

직접적 언급 대신, 의미심장한 눈짓과 암시로만 표출된 두려운 질문 저편에는 저간의 사정이 도사리고 있었다. 그 질문은 지도자 동지의 방문이 있기 약 이 주 전에 다클리 가문과 후계자의 결합이 공표되었다는 것과 관련 있었다. 이런 상황에서 지도자 동지가 축하의 말을 전하러 후계자의 집을 방문했다는 사실은 앞서 언급된 약혼을 승인한다는 의미이기도 했다. 형언할 길 없는 기쁨이 이날 대기 속에 감돌았던 것도 이 때문이었다. 그런데 어찌 된 일일까. 지도자 동지가 떠난 직후 이상한 일이 벌어졌다. 다클리 가문에 대해 뜻밖의 중대한 사실이 발견되기라도 한 것일까? 출처를 알 수 없거나, 어쩌면 아주 멀리서 흘러든 정보일 수도 있었다. 아마도 두 주 동안 여러 정보 부처에서 다클리 건을 두고 집중 조사를 벌여도 드러나지 않았던 어떤 불온한 사실이 밝혀진 것일까?

흔히 사람들은 위험한 질문을 비켜가는 대신, 좀더 안전해 보이는 문제들에는 비상한 관심을 드러내게 마련이어서, 다른 이들에게 금지된 것이라도 후계자에게는 허락되지 않았을까 하는 의심이 끝없이 사람들 주위를 맴돌았다. 그러나 대다수의 견해는 부정적이었다. 분별없는 혼인으로 인해 당사자인 가족은 물론 일가친척 전부가 불행한 운명을 맞게 된 사례가 적지 않다는 것을 상기시키기까지 했다. 반면 그와는 달리 생각하는 사람들도 있었다. 후계자는 나라를 위해 큰일을 해왔을 뿐 아니라 국가의 운명이 부침을 겪으며 최악의 상황을 맞을 때마다 눈물겨운 충성심으로 지도자 동지의 일거수일투족을 따랐던 만큼 자잘한 위반 사례쯤은 그에게는 예외가 적용될 수도 있지 않겠느냐는 주장이었다. 나아가 이런 특별한 경우를 계기로 변화의 바람이 불지도 모르지 않은가. 이미 화를 당한 불운한 자들에게는 안된 일이지만 살아남은 우리만이라도 새 규정의 덕을 보지 않겠는가. 그러나 앞서 말한 사람들의 의견은 달랐다. 부패는 그렇게 해서 시작된다는 것, 그리고 부패야말로 타인에게 가장 나쁜 본보기라는 것이었다.

그러나 이런 논쟁은 약혼이 파기되었다는 소식이 전해지면서 뚝 그쳤다. 이 모두가 얼마나 어이없는 오해였는지 결국 그들도 깨닫게 된 것이다. 문제의 약혼은 향후 새로운 혼인 풍토를 예감하게 하는 사건이 아니라 오히려 '독'이었다. 아니, 독도 이 사건과 비교하면 달게 느껴질 정도였다! 그로 인해 알바니아는 어쩌면 영원히 애도 속에 잠길 수도 있을 테니까. 그것은 계급투쟁의 완화를 의미했다. 그렇다면 알바니아가 사십 년 이상 자랑으로 삼아온 것에 대한 정면공격이 아니고 무엇인가. 우리의 승리와 영광의 열쇠인 헌법 자체도 '조금도 긴장을 늦추지 않고 더욱더

굳건히!' 라는 단 하나의 원칙에 기반하고 있지 않은가! 다른 국가나 적대국 들이 차례로 알바니아를 배신했을 때 그 배신은 어김없이 이같은 긴장 완화로부터 시작되었다. 하지만 여기, 우리 알바니아에서는…… 하늘이시여, 이 사건이 단지 후계자의 일시적 경거망동에 불과한 것이었기를! 실제로 이 사건이 그러했다는 것은 의심의 여지가 없었다. 약혼이 곧 파기되었다는 사실이야말로 그가 자신의 과오를 얼마나 깊이 뉘우치고 있는가에 대한 명백한 반증이 아닌가. 혼인 약속을 철회했다는 건 예사로운 일이 아니었다. 전 국민이 보는 앞에서 흔히 말하듯, 맨빵을 씹으며 치욕을 삼켜야 했을 테니 말이다. 지난 천 년 동안 이 나라에서 약혼이 파기된 일은 한 번도 없었다. 사람들이 서로를 죽이고 산 채로 살가죽을 벗기는 일은 있을지언정 결혼식이 연기되거나 취소된 적은 단 한 차례도 없었다. 그런데 후계자가 바로 그걸 한 것이다! 그리하여 언제나 당과 프리어스*에 대한 충성이 최우선이라는 사실을 증명한 셈이었다. 젠장, 그는 자신이 어떤 인간인지를 보여준 것이다. 후계자라는 직책이 거저 얻어진 건 아닐 테니.

---

* Prijës. '지도자 동지' 를 일컫는 알바니아어.

5

나쁜 소식이 늘 그렇듯, 약혼이 파기되었다는 소문은 공식 발표가 있기 무섭게 세간에 퍼져나갔다. 이제 위기는 지나갔다고 여긴 사람들 대부분은 이 사건이 국민의 도덕성을 무디게 하기는커녕 오히려 강화시켰다고 믿고 싶어했다. 국가와 지도자 동지 모두 어떤 혹독한 시련이 몰아쳐도 끄떡 없이 버틸 수 있음을 보여주었으니. 유고슬라비아와의 다툼에서 그러했고, 잇달아 러시아, 특히 중국과의 불화에서 그러했듯이 말이다.

긴장이 가라앉자 사람들은 이 사건에서 경솔하다고 판단되는 감상적인 애정 문제로 관심을 돌렸다. 어디를 가나 서로 나지막한 목소리로 이 이야기를 주고받았다. 파혼한 두 남녀 사이에는 더이상 전화 통화가 오가지 않는다, 사위가 될 뻔한 젊은이와 그의 아버지 베심 다클리가 두꺼운 외투로 몸을 감싼 채 자초지종을 듣기 위해 후계자의 집 문 앞에서 기다렸다. 절망한 약혼녀는 자기 방에서 나오지 않고 식음을 전폐했으며, 가엾은 젊은이는 슬픔을 잊기 위해 다시 기타에 빠져들어 '이렇게 해서 그들은 우리를 갈라놓았지……'로 시작되는 노래를 작곡했다……등등.

공교롭게도 알바니아에서는 대부분의 기념일이 가을에 있어 후계자는 텔레비전 카메라의 눈길로부터 벗어날 도리가 없었다. 수많은 시선이 텔레비전 화면에 비친 그의 얼굴을 뜯어보며 진실의 단서를 찾고 싶어했다. 어떤 사람들은 그가 평소보다 언짢아 보인다고 했고, 반대로 또 어떤 이들은 훨씬 평온한 모습으로 보인다고도 했다. 두 가지 해석 모두 염려스러운 것임이 분명했지만 후자가 한결 불안했다. 그렇다면 후계자가 무심을 가장하고 있는 셈이니까.

단순히 사람들의 호기심에서 시작한 것이, 국경일 열병식에 지도자 동지와 후계자가 나란히 서 있는 장면이 연출되자 비극적인 양상을 띠었다. 예전 같으면 식이 거행되는 동안 서로 웃으며 몇 차례 이야기도 주고받았으련만, 이번에는 딴판으로 지도자 동지의 얼굴이 시종일관 대리석처럼 굳어 있었다. 그는 후계자에게 단 한 번도 말을 걸지 않았을 뿐 아니라 그에 대한 경멸감을 노골적으로 드러내려는 듯, 반대편에 서 있는 내무부 장관 쪽으로 두 번이나 돌아서서 무슨 말인가를 했다.

전국 방방곡곡에서 TV를 시청하던 사람들은 눈앞에서 벌어지고 있는 장면에 말문이 막혀 놀라움을 금치 못했다. 그 저주받은 약혼은 이미 오래전에 파기되었건만, 후계자가 행한 조치에 대해 위로는커녕 관용의 표시조차 찾아볼 길이 없었다. 한술 더 떠, 지도자 동지의 노여움이 눈덩이처럼 불어나고만 있다는 암시를 곳곳에서 읽을 수 있었다.

옛날 같으면 당의 단합을 깨려는 악의적 소문으로 고발 대상이 될 법한 일이 공공연히 행해지는 것을 목도하기는 처음이었다. 당의 투쟁적 조직원들은 걱정스러운 마음을 억누를 길이 없었다. 그들은 불면으로 붉게 핏발 선 눈으로 새벽녘에 깨어나, 관절의 통증을 호소하며 머리가 희끗희끗한 마누라를 향해 돌아누운 채, 깔깔해진 입으로 술집에서라면 감히 입 밖에 낼 수도 없을 말을 내뱉었다. "사십 년 동안 쌓아올린 우정을 어떻게 단박에 쓰레기통에 처넣을 수 있지?"

그래도 낙관적인 이들은 다음번 기념일을 애타게 기다렸다. 설령 일이 완전히 해결되지 않더라도 그때쯤이면 사정이 좀 나아지지 않겠느냐는 기대에서였다. 그런데 잇단 기념일에도 호전될 기미는커녕 한층 싸늘한 냉기만이 감돌자, 사람들은 답답한

가슴을 쓸어내리며 불안의 한숨을 지었다. "망조로군!" 하고 들
릴락 말락 한 목소리로 중얼대면서……

11월도 막바지로 접어들면서 이 일도 겨울 휴가와 더불어 끝
나리라는 기대감이 조심스럽게 나돌았다. 이상하게도 이 소문은
다른 이야기들보다 훨씬 설득력이 컸다. 아마도 오래전에 모두
잊혀 이제는 사람들의 일상에 영향을 미치지 못하게 된 달력과
계절의 자연스러운 교체를 근거로 하고 있기 때문인 것 같았다.

시끌벅적한 축하행사들이 11월의 마지막 날들과 함께 자취를
감추자 12월은 여느 때보다 조용히 시작되는 듯했다. 삼각기와
연단의 붉은 장식천, 연설, 그리고 확성기를 통해 울리는 브라스
밴드의 연주를, 천 년 전이나 지금이나 변함없이 윙윙대는 바람
소리와 안개의 장막, 으르렁거리는 천둥소리가 대신 채웠다. 12
월 첫째 주는 항상 '과묵하게' 마련이지만, 올해는 평소보다 두
세 배 무거운 침묵이 감도는 듯했다. 이 침묵의 한가운데를 후계
자의 생명을 앗아간 한 발의 총성이 깨뜨렸다. 집 바깥은 물론,
안에서도 들리지 않았던 숨죽인 총성, 마치 무덤 저편에서 발포
된 듯한 소리였다.

6

알바니아 관련 서류는 그것을 다루는 사람들에게는 큰 골칫거리였다. 일시적 혼란이 잠잠해지고 이 서류들에 다시 먼지 더께가 앉기를 바라는 그들의 열망이, 비록 그들 자신은 인정하지 않을지라도 눈에 역력했다.

그러나 안타깝게도 당분간 그런 일은 꿈도 꿀 수 없었다. 파일은 오히려 점점 불어나기만 했으니 말이다. 그 안에 수집된 자료들이 모순되고 일관성 없다는 사실을 그들은 곧 깨달았다. 얼마 안 가, 가장 인내심 강한 분석가마저 넌더리를 내며 손을 떼고는 이전의 다른 이들과 마찬가지로 푸념을 내뱉었다. 편집증에 사로잡힌 이 나라를 조금이라도 이해하려면 그 자신 웬만한 편집증 환자가 되어야겠다며.

하지만 상관들의 생각은 전혀 다른 것 같았다. 그들은 서류를 읽다가 '발칸의 선천적 광증' '변덕' '정신착란' '인체 내 요오드 결핍으로 인한 뇌손상' 따위의 표현이나 문장이 나오면 신경질적인 동작으로 물음표를 갈겨 써넣었다. 한 집단의 지도자가 자신의 후계자에게 느끼는 질투심, 이 사건에서는 후계자를 살해하기까지 이른 질투심은 시대와 장소를 불문하고 아주 흔한 일이어서 그것만으로는 발칸 국가들의 병을 이해하기 위한 열쇠가 될 수 없었다. 예를 들어 알바니아 산악 부족들 사이의 풍습을 일례로 들 수 있다. 거기서 열리는 미남 선발대회 우승자는 종종 질투를 사서 살해당하곤 했던 것이다. 하지만 문학 평론이라면 모를까, 이런 사례를 진지한 정치적 분석 작업에 끌어들일 수는 없는 노릇이었다. 그러나 다른 이유를 찾지 못 한다면 발칸 반도의 전체 역사가 그 유명한 동화에 나오는, "거울아, 거울아, 세상에서 누가 제일 예쁘지?……"라고 묻는 장면의 재현에 불과함을 인정하는 셈이리라.

북알프스 고지대의 미남 선발대회가 야기한 당혹스런 딜레마에 빠져 출구를 찾느라 헤매던 분석가들도 끝내 지쳐, 주된 논점으로 되돌아왔다. 사실 이 미남 선발대회는 태곳적부터 내려온 남성 허영심의 한 증후로 볼 수도 있지만, 모든 면에서 가혹한 알바니아 관습법이 유독 동성애에 대해서는 관용적인 태도를 보여준 것으로 이해될 수도 있었다.

좀더 진지한 자세로 작업에 임해야 할 때라는 몇 차례의 지적이 있은 뒤, 발칸 반도 분석가들은 또다른 가정으로 주의를 돌렸다. 즉, '국가 정치 노선이 변화하는 중인가?' 그들은 커다란 물음표를 던졌다. 후계자가 죽기 전에 감행한 정규 노선으로부터의 이탈 시도와 그의 죽음 사이에 어떤 연계성이 있으리라는 것, 그것이 분석가들의 머릿속에 떠오른 첫번째 생각이었다. 하지만 입수된 수많은 정보를 아무리 뒤져도 후계자가 알바니아 정부의 정치 노선에 어떤 사소한 변화를 시도한 흔적은 찾을 수 없었다.

몰락한 구체제 집안과의 혼사는 알바니아에서 계급투쟁의 완화라는 의미로 해석될 수 있음이 분명했지만, 이 일을 제외하면 후계자는 결단코 비난의 대상이 될 수 없는 인물이었다. 그의 긴 이력을 살펴보건대, 그는 어김없이 강경 노선의 대변인이었으며 온건 노선을 지지한 적은 단 한 번도 없었다. 이것이야말로 후계자가 아주 오래전부터 떠맡아온 역할이었다. 그래서 지도자 동지가 어떤 강력한 정책을 실시하려 할 때 맨 먼저 그 포고자로서 파견되는 인물은 당연히 후계자라고 사람들은 생각했다. 또 채택된 정책이 사후에 너무 가혹하다고 판명될 경우 그 책임을 떠맡는 이 역시 후계자였으며 지도자 동지는 그저 중재자 역할만을 담당했다.

그러나 이번엔 모든 것이 거꾸로 진행되었다. 분석가들은 이 현상을 '알바니아의 이탈'을 의미하는 전형적인 사례로 결론짓고 싶어 좀이 쑤셨지만 아쉽게도 이같은 생각을 단념하고 두번째 가정으로 돌아올 수밖에 없었다. 즉, 위기의 동인을 최근에 일어난 '코소보 소요 사태'에서 찾는 것이다.

지난 한 해는 우울한 전망으로 가득했다. 코소보는 발칸 반도에 불어닥칠 재앙과 대참사, 공포와 혼란의 장소였다. 이 반란이 수많은 목숨을 앗아가리라는 것은 어디서나 기정사실로 여겨졌지만, 알바니아에서는 더더욱 그러했다. 그런데 어떤 맥락에서 후계자의 운명이 이 소요 사태와 연관지어질 수 있단 말인가? 이 문제를 둘러싼 소문은 점점 복잡해져갔다. 암살 의혹을 맨 처음 퍼뜨린 유고슬라비아는 마치 너무 말을 많이 한 것을 후회하는 듯 그후 입을 다물어버렸다. 그들은 정말 아무것도 몰랐을까, 아니면 그런 척했을 뿐일까?

그러나 지정학적 논리에 따른 이 두 가지 해석이 그리 설득력 없어 보이자, 신경이 곤두선 한 분석가는 이미 폐기한 지난번의 가정으로 되돌아왔다. 즉, 그의 동료들이 '거울아 거울아'라고 명명한 이론이었다. 이 이론에 좀더 신빙성을 부여하려는 듯, 그는 최근 들어 대다수 분쟁의 '필요불가결한' 원인으로 부각된

'석유'를 공략하기에 이르렀다. 1930년대 이후 알바니아의 석유 생산량이나 석유 매장 지역 등이 언급된 그의 보고서는 숫자와 도표라는 신뢰할 만한 자료들을 담고 있었으며, 심지어 1938년 브리티시 페트롤럼과 이탈리아의 아지프(AGIP)* 간에 발생한 분쟁까지 짤막하게 언급하고 있었다. 그러나 이 보고서에 대한 평가는 '터무니없다'였다. 이 분석가는 후계자와 사돈지간이 될 뻔한 그 불운한 인물이 지진학자라는 사실은 결코 우연의 일치가 아니라고 결론지었고, 지진학이라면 석유 탐사와도 결코 무관하지 않은 학문이라는 게 그의 논리였다. 그러니 위와 같은 평가가 나온 것도 무리는 아닌 셈이다.

파혼과 자살의 원인을 지하 이천 미터에서 찾느라 헛수고를 한 뒤, 이 분석가는 사람들의 예상대로 이 일에서 손을 떼고 말았다. 자신의 글 곳곳에 긴 각주를 붙이는 데 익숙해진 그는 겨울 들어 부쩍 나빠진 건강을 핑계로 조기 퇴직을 원한다며 청원서에도 긴 설명을 덧붙였는데, 함께 제출된 두 개의 진단서 중하나에는 '발기불능'이라는 말이 적혀 있었다.

그의 행동을 본받을 이유야 조금도 없었지만, 그의 동료들 역시 알바니아 관련 서류에서 벗어날 날만을 학수고대했다. 그 어

---

* 1930년대 이탈리아의 파시스트 정부가 설립한 석유·가스 관련 기관.

떤 서류도 이 종이뭉치들보다는 나을 것 같았다. 국경이 정치적 동요에 의해 결정되기보다는 수세기 전과 마찬가지로 사막에서 불어오는 바람에 좌우되는 몇몇 아프리카 국가들이나 이스라엘과 팔레스타인 간의 충돌을 다룬 악명 높은 자료들도 있었지만 말이다.

그들은 "거지발싸개 같은 나라!"라고 욕설을 내뱉으며 긴 한숨을 내쉰 뒤, 다시 상세한 검토 작업에 착수하여 가능하면 단순한 결론에 이르고자 고군분투했다.

타살인가, 자살인가? 만약 타살이라면 누가 범인인가? 살인의 동기가 뭘까? 그런데 입수된 대부분의 자료들은 '최고위급 인사'에게로 끊임없이 주의를 끌어모았다. 그 운명의 밤, 누군가 보았다던 후계자의 집 안으로 들어간 그 형체 말이다. 이 그림자의 정체는 다름아닌 내무부 장관 아드리안 하소베우라며 그 이름까지 언급한 보고들도 있었다. 실제로 내무부 장관은 최근에 더 높은 직위로 승진한 참이었다. 분석가들은 후계자의 자리를 이어받을 가장 유력한 인물이라는 데 중론을 모았다.

순간적으로 포착된 이 그림자 외에도 여러 자질구레한 정황들이 사건을 한층 오리무중에 빠뜨렸다. 후계자가 아침 여덟시에 깨워달라는 부탁을 남겼다는 것과, 그날 밤 그의 아내는 세상모르고 깊은 잠에 빠졌으며, 다음날 아침 정각 여덟시에 그의 방문을 열자 매운 탄약 냄새가 확 끼쳐오더라는 사실. 그리고 밤 사이 '블로쿠'에는 줄곧 왕래가 이어졌으며, 바람은 쉴새없이 몰려다니며 비를 뿌려댔고, 두 남자가 그의 집 계단을 오르내리는 것을 외부에서 누가(아마도 경호원들 가운데 한 명) 목격했다는 것이다. 마지막으로, 이 두 사람이 일층 베란다에서 밀랍처럼 창백하게 굳은 후계자를 떠받치고 있는 모습이 번갯불 사이로 보였다는 사실이다.

그들의 손에 들려 오르락내리락 할 때 후계자는 여전히 목숨이 붙어 있었을까? 기절한 상태였을까? 부상을 입었을까? 아니면 이미 죽은 뒤였을까? 그는 지하실로 옮겨졌을까, 아니면 시체 보관소로 옮겨졌을까? 어쩌면 그곳에서 시신의 몰골에 적절한 손질이 가해졌을지도 모른다. 시신의 몸에 뚫린 총 구멍을 메우고 다른 자리에 구멍을 내서 상처의 위치를 바꾸어놓았을지도. 그런데 이 지하실에는 아무도 모르는 비밀 통로가 있었다……

이 모든 재료가 뒤죽박죽 뒤섞여 끊임없이 검은 소용돌이를 일으키면서 때로는 천천히, 때로는 전속력으로 돌다가 이리저리 오락가락하며 계속 요동친 뒤, 다시 나타났다가 사라지는가 싶더니 아예 흔적도 없이 심연 속으로 가라앉아버렸다. 그렇지만 변형된 요소 하나하나는 변함없이 완강함을 과시하며 종내 유리 파편과도 같은 양상을 띠었다. 거기에는 요지부동의 질료와 이 질료를 신비감으로 부풀려놓는 효소가 한데 버무려져 있었다.

알바니아 관련 서류와 씨름하던 분석가들은 이제 진퇴유곡에 빠져 분노를 터뜨릴 기력조차 없었다. 그렇듯 쉽사리 한 이론을 버리고 다른 이론을 기웃거리기는 처음이었다. 예를 들어 익명의 그림자와 관련된 정보를 읽고 있던 누군가의 머릿속에 처음 떠오른 생각은, 이 그림자가 바로 후계자를 암살한 인물이라는 것이었다. 그러나 사건의 전모를 하나씩 짚어나가자 결국 확실한 건 아무것도 없다는 결론에 이르렀다. 이 그림자(혹은 아드리안 하소베우)가 그날 밤 후계자의 집으로 들어갔다손 치더라도 그렇게 늦은 밤에 방문한 목적이 무엇이었는지는 알 도리가 없지 않은가. 후계자를 죽이러 온 건지, 아니면 자살을 부추기러 온 건지 알 수 없으니 말이다. 이것도 저것도 아니라면 오히려 후계자가 스스로 목숨을 끊지 않도록 설득하러 온 것일 수도 있다. 다음날 열릴 정치국 회의에서 죄를 용서받을 수 있었을 테니까.

한데 그것만으로는 모자랐던지 몇몇 수사관들이 지하 통로의 존재를 언급함으로써 사건은 다시 미궁으로 빠져들었다.

서류를 읽다보면, '빌라 건축가 생존 여부 파악 요망' 같은 전보 문체의 주석들이 눈에 띄었다. 피라미드가 완성되자 파라오

들은 그 건축가부터 죽이지 않았던가.

이 사건의 전모에는 피라미드와 흡사한 무언가가 있었다. 한 발짝도 나아갈 수 없도록 사방에서 벽이 가로막고 나섰다. 피라미드의 주실(主室), 즉 가장 중요한 비밀이 간직된 이 방은 안쪽에서 열쇠가 채워져 있다. 어쩌면 후계자의 경우에도 이 태곳적 원리가 적용되었는지 모를 일이다.

이런 유사성은 일면 위안이 되었다. 사천 년이 지난 오늘날에도 피라미드의 신비는 완전히 벗겨지지 않았으니. 그렇다면 이번 일을 두고 분석가들이 그렇게 조급해할 필요도 없지 않겠는가.

이처럼 갈피를 잡을 수 없는 상황을 틈타 영매들도 서서히 기승을 부리기 시작했다. 국가의 기밀을 다루는 영역에서 거의 반세기 동안 자취를 감추었던 이들은 최근 들어 다시 관여하고 싶어 안달이었다. 그러나 영매들이 후계자의 혼령과 접신하여 얻어낸 사실이라고 해봤자 너무도 모호해서 하나둘 해독을 포기하고 말았다.

알바니아는 가없는 침묵에 잠긴 듯 기묘한 인상을 주었다. 맞은편에는 또다른 알바니아, 즉 '외곽 알바니아'가 동토의 겨울 하늘 아래 가사 상태에 빠져 누워 있었다. 그 두 알바니아 위로는 똑같은 12월의 하늘이 펼쳐져 있었지만 너무도 황량해서 하

나가 아닌 두 겨울이, 마치 두 마리 회색늑대처럼 으르렁거리며
그 안에서 맴을 도는 것 같았다.

** 제2장 **
부검

1

 마치 이 세상 것이 아닌 듯한 이 환희는 무엇인가? 수잔나는 손에 샴페인 잔을 들고 초대받은 손님들 사이로 공기처럼 가볍게 거닐고 있었다. 아버지의 자살 이후 폐허가 되다시피 한 이 너른 집이 다시 옛날처럼 빛과 소리로 가득 차고 사람들로 북적거렸다. 그런데도 아무도 놀라거나 하지 않았다. 어떻게 이런 불가능한 일이 일어날 수 있는지, 어떻게 예전과 똑같은 상태로 돌아갈 수 있는지 의아해하는 사람은 없었다. 대부분 낯선 손님들이었지만 그 역시 놀라운 일은 아닌 것 같았다. 오랫동안 사용하지 않은 샹들리에의 전구 몇 개가 타서 불이 들어오지 않아도 누구 하나 개의치 않았다. "과거는 과거야. 잊히게 마련이지." 누군가 이렇게 말하는 소리가 그녀의 귓전을 두 번이나 울렸다. 수잔나는 아버지를 찾아 다시 두리번거렸다. 아버지는 거기 모인 사람들의 관심을 한 몸에 받으며 그녀에게서 조금 떨어진 곳에 서 있었다. 옅은 미소를 띤 그의 얼굴에는 웬지 불쾌감이 서려 있는 듯했지만 금세 수그러들 대단찮은 것이었다. 순간 아버지의 웃옷 밑으로 드러난 흰 붕대에 수잔나의 눈길이 머물렀다. 붕대에 싸인 상처는 지금쯤 아물어가고 있을 터였다. 그녀는 샴페인 잔을 내려놓은 다음 그의 곁으로 다가가, 기분이 좀 어떠세요, 아빠? 하고 물으려 했다. 그 순간, 초대받은 손님들 가운데 약혼자 겐치가 보이지 않는다는 데 생각이 미친 수잔나는 하마터면 소리를 지를 뻔했다. 어떻게 그 사람만 안 올 수 있지?

그녀가 잠에서 깨어난 건 분명 이 소리 없는 외침 때문이었다. 지난번 같은 꿈을 꾸고 났을 때처럼 수잔나는 울음을 터뜨렸다. 베개가 축축한 것을 보면 자는 동안에도 울고 있었던 모양이다.

수잔나는 다시 잠들기 위해 애쓰면서 베개에 얼굴을 묻었다. 그때 무슨 소리를 들은 것 같았다. 머리를 들고서 의식을 집중해 귀를 기울이자 틀림없이 이상한 소리가 났다. 누군가 집 안을 바삐 오가는 소리였다.

그녀의 시선이 창문 쪽으로 쏠렸다. 수잔나는 머리맡에 놓인 전등을 켜고 손목시계를 들여다보았다. 오전 여섯시 반, 하지만 창밖 하늘은 아직 캄캄했다.

소리가 다시 들려왔다. 어머니와 남동생의 발소리는 아니었다. 이 시각에 동생은 보통 욕실에 들어가 있을 터였다. 그것은 평소에 들을 수 없는 낯선 소리였다. 불안이 그녀의 가슴을 옥죄어왔다. 그러나 가슴 밑바닥에서는 두려움은 전혀 없었고 오히려 희열에 가까운 감정이 느껴졌다. 여전히 꿈속을 헤매는 듯한 기분이었다.

그녀는 멍한 상태로 일어나 문까지 걸어갔다. 그러나 문을 열기 전 꼼짝 않고 멈추어 선 채 다시 소리에 귀를 기울였다.

복도는 조용했다. 하지만 아래층에서 나직이 속삭이는 목소리와 발소리가 들려왔다. 어머니와 남동생의 방 문은 모두 닫혀 있었다. 수잔나는 층계 난간으로 다가가 아래층 홀을 내려다보았다. 방금 전 꿈속에서 보았던 큰 홀과 식당에 불이 환히 들어와 있었다.

심장이 오그라드는 것 같았다. 아버지의 자살 이후로 그곳은 들어가보고 싶어도 발을 들여놓을 수 없는 금지 구역이 되었고, 그곳으로 통하는 문도 내무부 장관의 명으로 폐쇄된 상태였다.

수잔나는 천천히 고개를 돌려 다시 한번 어머니와 남동생의 침실 문을 차례로 살펴보았다. 그런 다음 얼이 빠진 듯한 눈으로 또다른 침실, 그러니까 아버지가 쓰던 방 문을 바라보았다. 면도날처럼 예리한 불빛이 문 밑에서 반짝였다. 아빠! 몸의 부위 하나하나가, 허파와 눈, 머리카락이 일제히 소리를 질렀다. 그 운명의 날 새벽 두 시까지 그녀가 보았던 것과 똑같은 불빛이었다. 벼락 맞은 사람처럼 그 자리에서 나자빠지지 않은 걸 보면 아직 꿈을 꾸고 있는 게 틀림없다고 그녀는 스스로를 타일렀다. 잠에서 깨어나는 바람에 아버지를 다시 볼 수 있는 기회를 또 놓치게 될까봐 걱정하며 수잔나는 천천히, 조심스런 걸음으로 문 쪽으로 다가갔다. 정신이 나간 게 아니라면 꿈을 꾸고 있는 게 분명했다. 가슴에 구멍이 뚫린 채 피로 얼룩진 셔츠를 입고 죽어 있는 아버지의 모습을 목격했던 방. 바로 이 방에서 그녀는 아버지를 다시 보게 되리라는 예감에 사로잡혔다.

한 발짝. 한 발짝만 더. 여기서 포기하면 안 돼. 그녀는 자신을 타일렀다. 어찌 됐건, 넌 이미 제정신이 아니잖아.

순간, 방문이 열렸다. 그리고 한 낯선 남자가 서둘러 방에서 나왔다. 그의 손에는 구형 카메라처럼 보이는 검은 물건이 들려 있었다. 그는 수잔나를 보자 좀 놀란 듯싶더니 한마디 말도 없이 급히 계단을 뛰어내려갔다.

이 낯선 남자가 빠끔히 열어둔 채 나간 방문 저편에서 신경질적인 목소리가 흘러나왔다. '부검'이라는 말이 불쑥 귓전을 울렸다.

부검이라니? 지금까지 겪은 끔찍한 일들만으로는 모자란단 말인가? 이제 그들은 현장에서 사체를 해부하고 있다. 그것도 카메라처럼 생긴 낡아빠진 도구를 가지고.

수잔나는 한 손으로 이마를 짚었다. 아직 꿈을 꾸고 있는 게 분명했다. 아니면 정신착란 상태에 빠져 있든지.

방 안에서 다시 목소리가 들려왔다. 그 가운데 몇 마디가 귓전에 와 부딪쳤다. 부검을 실시하지 않은 건 정말 수치스런 일이야……

방문이 활짝 열렸다. 노여움으로 얼굴이 벌겋게 달아오른 남자가 성급한 걸음으로 나왔다. 그가 신임 내무부 장관임을 수잔나는 알아보았다. 그의 두 수행원 중 한 명만이 낯익은 얼굴이었다. 그들 가운데 유일하게 그녀의 꿈속에 등장했던 인물, 그는 이 집을 설계한 건축가였다.

내무부 장관은 흠칫 놀란 기색으로 그녀를 바라보더니 잠시 몸을 추스리고는 "안녕하십니까?" 하고 말을 걸어왔다. 그러고는 "우리 때문에 잠을 깬 건 아니오?"라고 물었다. 그녀는 무슨 말을 해야 할지 알 수 없었다. 이번에는 건축가가 가벼운 목례로 인사를 건네왔다. "몇 가지 조사할 것이 있어서 말이지요." 내무부 장관은 이렇게 말하고선 계단 쪽으로 걸어갔다.

다른 두 사람도 곧 그의 뒤를 좇았다. 그들이 층계를 내려가며 나누는 대화 중에 '부검'과 '수치스런'이라는 말이 또 한 번 수잔나의 귓전을 때렸다.

그녀는 내무부 장관이 목소리뿐 아니라 눈길도 다정한 사람이라고 생각했다.

마침내 그녀는 정신을 차린 것 같았다. 이 사람들은 수사를 진행하기 위해 날이 새기 전에 여기 온 것이 분명했다. 아버지가 죽고 난 다음날, 그녀의 가족은 전과 다름없이 이 집에 계속 머물러도 좋으나 붉은 왁스로 출입금지 표시를 해둔 방이나 공간에는 발을 들여놓지 말라는 통보를 받았다. 이따금 그들이 찾아와 몇 가지 조사를 할 거라고 했다. 이 사람들은 집 열쇠를 갖고 있었다.

하지만 이렇게 말만 했지 그 뒤로 한 번도 찾아온 적이 없었다. 이번이 그들의 첫 방문인 셈이었다. 그렇다면 그녀가 할 수 있는 유일한 질문은 "왜 이렇게 늦었죠?"라는 한마디뿐일 것이다.

수잔나는 등골이 서늘해지는 느낌이었다. 자신도 모르게 어머니의 침실 쪽으로 발길이 옮겨졌다. 집 안이 이토록 시끌벅적한데 어떻게 일어나지도 않고 잠자리에 누워 있을 수 있단 말인가?

그녀는 조심스럽게 손잡이를 돌린 다음 방문을 밀었다.

"엄마!" 수잔나는 어머니가 놀라지 않도록 소곤대듯 어머니를 불렀다. 그러나 어머니는 깊은 잠에 빠져 있는 듯했다.

수잔나는 어찌 해야 할지 몰라 잠시 방 문턱에 그대로 서 있었다. 믿을 수 없는 일이라고 그녀는 생각했다. 평소 동이 트기 무섭게 일어나는 어머니가 이 시각에도 이처럼 곤한 잠에 빠져 있다니…… 12월 14일 밤에도 그러했듯이 말이다.

"엄마!"

그녀는 다시 어머니를 불렀다. 어머니가 잠의 나락에서 빠져나와 눈을 뜨는 데에는 시간이 조금 걸렸다. 어머니의 얼굴에 차츰 공포의 빛이 서리는 것을 알 수 있었다.

"무슨 일이니? 무슨 일이 벌어지고 있는 거지?" 어머니가 다그쳤다.

"확인할 게 있어서 왔대요…… 저 사람들 지금 아빠 방에 있어요. 아래층 홀에도 와 있고요……"

놀라움과 두려움으로 휘둥그레진 어머니의 눈은 아무것도 보고 있는 것 같지 않았다.

"뭘 확인하러 왔대니? 무엇 때문에 온 거야?"

"조사하는 거래요." 딸이 대답했다. "내무부 장관까지 와 있어요. 부검을 실시할 거라던데요."

어머니의 눈뿐 아니라 머리카락에서조차 불안한 기운이 스며나왔다. 머리카락에 마지막 순간까지 머물러 있던 졸음이 떨어져나가자 이제 그녀는 완전히 잠에서 깨어난 듯했다.

"부검이라니, 그게 무슨 말도 안 되는 소리냐? 왜 우리를 조용히 내버려두지 않지?"

"저들은 부검을 할 거예요. 좀더 일찍 부검하지 않은 걸 수치스런 일이라고까지 하던데요." 수잔나는 다정한 목소리로 말을 이었다. "엄마, 제 생각에는…… 나쁜 일 같지는 않아요."

"나쁜 일이 아니라고? 어째서?" 어머니는 베개 밑에 얼굴을 묻으며 소리쳤다. "그렇게 해서 좋을 게 뭐니? 이제 와서 너도 부검을 바라는 거니?" 따져 묻는 그녀의 음성은 베개에 묻혀 희미하게 들렸다.

수잔나는 아랫입술을 깨물었다. 그리고 뒤돌아서서 나가려다 말고 마음을 고쳐먹었다.

"제가 보기에는 좋은 징조예요. 수사 자체도 좋은 일이고…… 미심쩍은 구석이 있다는 건 엄마도 모르시지는 않잖아요?……"

"입 닥치지 못해!" 어머니가 격앙된 목소리로 말을 잘랐다. 그러고는 발작적으로 울음을 터뜨렸다. "어쩌면 좋지! 이제 집안에 불행이 가시지 않을 거야!"

딸은 절망적인 심정으로 고개를 흔들고는 방에서 나왔다. 복도는 아직 어스름 속에 잠겨 있었다. 아래층에서 사람들의 목소리가 희미하게 들려왔다. 밖에서는 여명이 밝아오고 있었다.

수잔나는 한기에 몸을 떨며 자기 방으로 되돌아왔다. 그러나

웬일인지 좋은 예감을 떨쳐버릴 수 없었다. 내무부 장관의 눈길은 상냥하기 그지없었어. 특히 목소리가 그랬지. 부검을 언급하면서 보여준 그의 단호한 태도만큼이나, "우리 때문에 잠을 깬 건 아니오?"라고 불쑥 물어왔을 때 그의 모습은 조심스럽고도 정중했다.

말하자면 부검이 시행되는 것을 원치 않는 누군가가 있었던 것이다…… 그렇다면 해명을 요구해야겠지…… 무언가 숨기고 싶은 게 있으니까 부검을 피하는 거야. 이번 경우에는 상상하기가 어렵지 않았다. 그 사건은 정말 자살일까, 아니면…… 아니면 타살일까? 이런 종류의 사건이라면 반드시 부검이 이루어지게 마련이다. 더욱이 고인이 그런 유명인사이고 보면…… 그렇다면 누군가 무언가를 은폐하려 했음이 틀림없다. 그런데 이제 이 비밀이 백일하에 드러나기를 누군가가 원하는 것이다. 은폐를 수치스러운 일로 규정짓기까지 하면서……

주여, 그대로 이루어지게 하소서! 수잔나는 이렇게 간구하면서 금지된 호칭을 입에 담아놓고도 놀라지 않았다.

어떤 희생을 치르더라도 진실은 끝내 만천하에 그 모습을 드러낼 것이오…… 당은…… 언제나처럼…… 영원히…… 아, 우리의 전우, 충복, 오래도록 기억될 자…… 그는 스스로 목숨을 거둬 간 게 아니라 살해당한 것이오…… 가증스런 방법으로…… 당의 적…… 파괴자들…… 반역자들의 손에……

붉은 천으로 덮인 연단에 서서, 혹은 라디오나 텔레비전을 통해 이런 말들이 지도자 동지의 입에서 흘러나오게 될 날을 수잔나는 수없이 꿈꾸곤 했다! 하지만 그것이 실현 가능한 일로 여겨지는 건 이번이 처음이었다.

주여, 이 일이 꼭 이루어지게 하소서! 그녀는 다시 한번 기원했다.

마치 새벽에 꾸다 만 꿈을 계속 꾸기를 바라듯, 수잔나는 그대로 눈을 감고 있었다. 실제로 그런 경우도 있지만 아주 드문 일이었다. 또 설령 가능하다손 치더라도 한 번 꾼 꿈을 수정할 수는 없으니. 한편 꿈의 내용을 되짚어보려 하면 곧 깨닫게 되는 진실이 있다. 하늘에 떠다니는 잔잔한 분홍 구름장처럼 수시로 변하는 그 다양한 인상이나 그윽한 감미로움을 되찾을 수는 없다는 것. 그러나 잠에서 깨어나는 순간의 씁쓸한 회한만이 그대로 남아 있었다. 단 몇 초간이라도 꿈으로 되돌아가고픈 갈망은 아마도 이런 회한의 감정을 씻어내고 싶어서가 아닐까? 좀처럼 해결되지 않는 한 가지 의문이 수잔나의 머릿속을 맴돌았다. 꿈에서 그녀는 아버지에게 끝내 말을 걸지 못했을뿐더러 뒤늦게야 약혼자에게 생각이 미쳤다. 이 두 가지 가운데 어느 것이 그녀를 더욱 상심하게 했을까……

2

"나중에 다시 하지."

내무부 장관의 목소리는 가볍고 유쾌하기조차 했다.

그것은 중대한 부검을 책임진 고위 관료의 말처럼 들리지 않았다. 차라리 티라너의 인공호수 근처 언덕의 한 레스토랑에서 옛 친구들끼리 모여 근사한 식사를 마친 뒤, "여기 생선요리가 아주 좋은걸. 다음에 다시 하지, 어때?"라며 작별 인사를 나눌 때나 어울릴 법한 어투였다. 알바니아 공산 국가의 역사, 아니, 어쩌면 알바니아 전체 역사를 통틀어보아도 이처럼 큰 의미를 지니는 부검은 일찍이 없었을 텐데.

이 사건이 과연 해결될 수 있을까?

법의학자인 페트리트 잘혜리는 다이티 호텔을 향해 중앙 대로를 성큼성큼 걸어가면서 내무부 장관의 이 물음을 줄곧 되씹고 있었다. 그런데 한 걸음 떼어놓을 때마다 그 가능성은 점점 희박해져가는 듯했다.

건축가는 이글거리는 눈빛으로 계속 장관의 말을 경청하고 있었지. 병적인 호기심, 혹은 음란한 쾌락쯤으로 치부될 법한 눈빛이었다. 서커스를 관람하러 온 사람들이나 장터 싸움판에 몰려든 구경꾼들이 양손을 비벼대며 "어떻게 되는지 어디 보자고!" 하며 조바심 낼 때의 눈빛이라고나 할까.

두 사람은 눈이 먼 걸까, 아니면 그저 그런 척하는 걸까? 두 남자가 어린애들처럼 앞다투어 장난기 섞인 말들을 주고받는 것을 보며 법의학자는 혼자 생각했다.

그 자신으로 말하자면, 엄청나게 중요한 부검을 관장하게 되리라는 공식 통보를 받은 순간을 똑똑히 기억하고 있었다. 바로 후계자의 부검이었다.

잠시 그의 귀에는 아무 소리도 들리지 않았다. 전 우주가 침묵하는 듯했으며, 자신 안의 모든 것이 불시에 정지하고 말았다. 심장의 박동과 뇌의 작동, 그리고 호흡까지도. 잠시 후 신체 기능들이 차츰 회복되기 시작하자 한 가지 생각이 마음속에서 또렷이 형태를 갖추어갔다. 결국 이 사건은 이런 식으로 결말이 날 거라고.

'이 사건'이란 다름아닌 그 자신의 목숨이었다.

이런 종류의 부검이라면 부검을 실시한 장본인도 그후로 계속 목숨을 부지하리라고 장담할 수 없었다. 달의 표면에서 생명의 흔적을 찾는 것만큼이나 가능성이 희박한 일이었다.

숨이 막힐 듯한 침묵 속에서 내무부 장관의 지시사항만이 군데군데 끼어들었다. 법의학자는 어느새 지금까지 자신이 걸어온 삶의 자취를 묘한 거리감을 두고 되짚어보고 있었다. 그는 가능한 한 정직하게 살아온 편이었다. 그의 직업이 지닌 위험부담을 고려할 때 결코 쉬운 일만은 아니었다. '준(準)부르주아'로 분류된 가족의 전력 때문에 공격 대상이 될 수도 있었다. 소비에트식 생활양식을 비방했다는 혐의를 받고 있던 '티라너 지식인 의사 집단'을 폭로, 규탄하는 캠페인의 눈길을 피해갈 수 있었던 것은 그가 다행히 학생 신분이었기 때문이다. 이같은 행운의 비호를 처음으로 경험한 후, 그는 또다른 집단, 즉 교수–학생 연합의 일원으로 엮이는 것 역시 경계했다. 알바니아가 중국과 우호 관계를 맺고 있던 시절, 맨발의 중국 의사들을 조롱했다는 비난을 받은 단체였던 것이다.

내무부 장관의 말은 단호하고도 감정이 배제된 한편, 불길한 약속들을 내포하고 있었다. 일반 시민의 경우라 해도 반드시 밟았을 절차, 즉 부검이 후계자에게는 무시되었던 것이다! 법의학자는 정신을 집중하려 애썼지만 그럴수록 더욱더 혼란스러운 감정에 빠져드는 것만 같았다.

비록 늦기는 했어도 검시가 실시될 거라고 내무부 장관은 못을 박았다. 혹자에게는 불쾌한 일이 될지 몰라도 진실은 밝혀지고 말 것이다. 내무부 장관의 눈은 진실 어린 분노로 번득였다.

중국 문제를 논의하는 회의에서 당 위원회 위원들에게 결여되었던 것은 바로 이러한 진실성이었다. 그들은 분노한 척, 주먹으로 탁자를 탕탕 내려치고 목청을 떨었지만 마음은 싸늘하게 식어 마치 불씨가 꺼져버린 화로 같았다. 하지만 어쨌든 차가운 분노가 일으킨 공포는 '아!' 혹은 '오!' 하는 탄식이 잇따르는 다른 공포에 못지않았다. 한데 몇 차례에 걸친 회의가 종지부를 찍을 무렵, 넋이 빠진 이들이 최종 선고를 기다리는 동안 중국과의 결별을 알리는 입소문이 돌기 시작했으며, 그후 반(反)중국 선전은 마술에라도 걸린 듯 갑자기 중단되었다.

모든 것은 원칙대로 실행될 거라고, 내무부 장관은 예의 그 분개한 어조로 단언했다. 부검 이외에도 현장 검증이 있을 것이고, 희생자가 사용한 총기를 침실에서 발포하여 외부에서도 소리가 들리는지 확인할 것이다. 경호원이 보초를 서고 있던 빌라의 정원이나 복도, 그리고 다른 식구들이 잠을 자고 있던 침실에서도 사실 확인이 이루어질 것이다. 이 모두가 낱낱이, 상세하게 기록

될 것이다. 그러기 위해서 12월 14일 밤처럼 폭풍우가 몰아치는 밤을 골라, 처음에는 소음기를 달고, 그 다음에는 달지 않은 채 시험이 이루어질 것이다.

법의학자는 자신도 모르게 건축가와 시선이 마주쳤다. 권총에 소음기를 장착하고 자살하는 경우가 있던가? 그런데 건축가의 눈에는 어떤 불신의 빛 대신 변함없이 들뜬 환희의 불꽃이 타오르고 있었다.

그는 정말 아무것도 이해하지 못하는 걸까, 아니면 그런 모습은 단지 자기 방어 수단일 따름일까?

우선 소음기를 달고 시험해보겠다고 내무부 장관은 다시 한번 말했다. 그런 다음 의사의 생각을 읽기라도 한 듯 재빨리 덧붙였다. 굳이 말하지 않아도 알겠지만, 이 모든 일은 우리 사이의 비밀로 남아 있어야 한다고……

최종적으로 공표되겠지만, 사건의 결론은 이미 정해져 있었다. 즉, 후계자는 혁명의 순교자로서 암살당한 것이다. 이리하여 그의 이름에 먹구름처럼 드리웠던 일체의 미심쩍은 부분은 비밀의 베일을 벗게 되는 한편, 후계자를 쓰러뜨린 이들에게 즉각 응징이 가해질 것이었다.

어찌 됐건 이 모든 것의 열쇠는 부검이라고 내무부 장관은 재차 강조했다. 그리고 다소 누그러진 태도로 법의학자를 바라보았다.

물론 그렇겠지, 하고 페트리트 잘헤리리는 혼자 생각했다. 실제로 그는 부검으로 인해 언젠가 자신도 파멸당할 것임을 항시 염두에 두고 있었다.

이런 말을 듣고 내가 기뻐 어쩔 줄 모를 거라 생각하오? 그는 머릿속에서 장관에게 이렇게 응대했다.

그는 사태를 명확하게 파악하고 있었다. 현재와 같은 상황에서는 부검 결과를 두고 어떤 입장을 밝힌다는 게 그리 간단한 문제가 아니었다. 이러저러한 결론이 오늘은 전반적인 분위기에 부응하더라도 다음날은 정반대가 될 수도 있기 때문이다. 몇 해 전에 자살한 전(前) 정치국 위원 카노 즈비라는 국립 순교자 묘지에 안장되었다가 수주 전에 이장되었다. 그게 벌써 세번째 이장이었다! 정치 노선의 변화는 경제에 효력을 미치기에 앞서 매번 그 밖의 다른 것들에 영향력을 휘둘렀다. 즈비라의, 아직 우리에게 알려지지 않은 질병인 사후(死後) 류머티즘(rhumatismus post-mortem)은 분석가들의 어떤 예견보다 더 분명한 정치 노선의 변화를 시사했다. 자살 직후(물론 암살이라는 소문도 있었다) 그의 유해는 순교자 묘지에 정중히 매장되었다. 그러나 얼마 지나지 않아 유고슬라비아의 요구로 티라너 시립 묘지로 이장되었다. 이유인즉슨, 그의 신상자료에서 반(反)유고슬라비아주의적 흔적이 발견되었기 때문이다. 그런데 한 해 뒤에 알바니아가 유고슬라비아와 갈라서자 망자는 반유고슬라비아주의의 기수로 추앙받으며 다시 이장되어 국립 묘지의 예전 자리를 되찾았다. 그후 시립 묘지로의 마지막 이장은 거의 비밀리에 이루어졌고, 이장 이유를 아는 이는 아무도 없었다.

까마귀 우는 소리에 법의학자는 눈길을 들었다. 그는 문득 새가 날아가는 모습을 보고 정치 변화를 점치려 했던 옛사람들이 결코 틀리지 않았다는 생각에 절로 쓴웃음이 나왔다.

그들 세 사람은 이제 끝장난 거나 다름없었다. 이 소그룹의 통솔자인 내무부 장관도 예외가 아니었다. 그런데도 장관과 건축가는 이 사실을 깨닫지 못하는 것 같았다. 단지 그런 척하는 게 아니라면…… 그들은 오히려 이 상황을 즐기는 기색이었으며 그것을 숨기려 들지도 않았다. 장관과 건축가의 신분이 아니라 잔치에 흥을 돋우는 바람잡이 역을 맡은 듯 한껏 들떠서 법석을 떨었다. 마침내 헤어질 시간이 되자 두 사람은 따로 떨어져 몇 마디 이야기를 나누더니 함께 이 집의 지하실로 사라졌다.

법의학자는 곧 이들을 잊고 다시 부검에 생각이 미쳤다. 엄청나게 중요한 부검을 실시하고 있다는 사실도 그다지 위로가 되어주지 못했다. 오히려 그는 동료였던 느드레 피에테르게가의 전철을 밟을 수도 있었다. 브라카의 한 집시가 문 밖에서 그를 기다리고 서 있다가 "의사 선생이신가? 개자식. 내 딸이 임신했다고 말한 게 너냐?" 하고 외친 뒤 그를 때려 죽였던 것이다.

그는 중앙 대로 맞은편 공원의 누렇게 물든 나뭇잎들을 바라보며 자신도 모르게 한숨을 내쉬었다. 수년 전 슈코드라에서 들었던 동성애자들의 옛 애가가 떠올랐다.

어젯밤 제상의 집에서
촛대 두 대가 타올랐네
성모 마리아여, 술차베그가
면도날로 목을 베었나이다

후계자의 집에서 마주쳤던 젊은 여자의 모습이 불현듯 그의 머릿속을 스쳤다. 잠옷 차림의 여자에게서 사지의 미세한 떨림이 전해져왔었다. 바로 그녀의 약혼이 그녀 부친에게 닥친 비극의 원인이었으니. 아니, 따지고 보면 그들 모두에게 닥친 비극의 원인이었다고나 할까.

다이티 호텔로 들어서자, 한 가지 의문이 조심스럽게 똬리를 틀기 시작했다. 이 영예로운 부검을 실시하기 위해 왜 하필이면 자신을, 페트리트 잘헤리를 지명한 걸까? 하지만 더이상 이런저런 의문에 대한 답을 구하려 해서는 안 되었다. 그보다는 남은 기간을 어떻게든 잘 활용할 궁리를 해야 한다. 극히 예외적인 상황이 아니라면 발도 들여놓지 못했을 장소, 외국인이나 당의 특혜를 받은 이들만 이용 가능한 이 호텔에서 잠시 후 그는 커피를 마실 참이었다. 그것은 그의 존재를 천천히 휘감아올 한층 심오한 평화의 전조에 지나지 않았다. 사람들이 그 진정한 의미를 되새겨보지도 않은 채 '무덤 같은 평화'라 부르는 해방감은 보통 임종의 순간에나 맛보게 되겠지만 그는 벌써부터 이런 해방감을 느끼고 있었다.

그는 바의 손님들에게 눈길 한번 주지 않은 채 단호한 걸음으로 테이블을 향해 걸어갔다. 그리고 웨이터를 향해 냉랭한 시선을 던지며 무덤덤한 목소리로 에스프레소를 주문했다.

3

이백 보쯤 떨어진 곳에서는 건축가가 외투 깃을 세운 채 종종 걸음으로 집을 향해 가고 있었다. 일이 끝나는 대로 곧장 돌아오라고, 아내는 어느 때보다 결연한 태도로 당부했던 것이다. "카페나 클럽도 들르지 말고, 우연히 아무개를 만났다는 핑계도 대지 말아요. 제 말 알아들었죠? 당신 기다리는 동안 숨도 쉴 수 없을 거예요…… 무슨 말인지 알지요? 우리 목숨과 아이들 목숨이 오늘 하루에 달렸다고요."

건축가는 손목시계를 들여다보았다. 법의학자가 가고 난 뒤 그도 자리를 뜨려고 장관과 악수를 나누려던 순간, 장관이 "조금만 더 있게나!" 하고 낮은 목소리로 말했다.

지식인들에 대해 어떤 호감을 표시하고 싶어하는 여느 지도

급 인사들처럼 그는 건축가의 어깨에 팔을 두르고는 단숨에 묻다시피 했다. "지하 통로라는 게 대체 뭔가……?"

건축가는 눈꺼풀을 내리깐 채 영문을 모르겠다는 듯 고개를 저었다. "금시초문인데요. 처음 듣는 얘깁니다." 장관은 그에게서 눈을 떼지 않았지만, 의혹보다는 따스함이 배어 있는 눈길이었다. "그렇다면 술꾼들의 횡설수설에 지나지 않겠군!" 장관이 짜증 섞인 음성으로 곧 받아쳤다. "이 집을 설계한 자네가 모르는 일이라면 그 자들이 알 리 만무하지." 장관은 잠시 이 헛소리꾼들을 두고 악담을 늘어놓았다. 못된 놈들, 덜 떨어진 것들, 구제불능의 비열한 자식들! 머지않아 그 작자들의 불알을 잡아 허공에 거꾸로 매달아놓고야 말 것 같은 기색이었다.

이윽고 계속 흘러나오던 욕지거리가 멈추고 건축가가 자리를 뜨려 하자, 장관은 예의 속삭이는 목소리로 말했다. "어찌 됐건 지하실을 한번 둘러보았으면 싶군. 어떻게 생겼는지 좀 봐두었으면 해."

건축가는 현기증이 밀려오는 것을 느꼈다. 발밑의 땅이 꺼지는 것만 같았다.

경호원이 그들을 앞장서 갔다. 건축가가 간략하게 설명을 하기 시작했다. "이 통로는 정원 쪽으로 나 있는 두번째 문으로 통합니다. 그 문은 밖에서는 열리지 않고 안에서만 열리는데 여러 개의 빗장을 풀어야 하지요. 또다른 주요 통로는 방공호로 통합니다."

건축가는 눈이 점점 부풀어오르는 것을 느꼈다. 마치 어떤 유령이 어둠 속에서 튀어나오기를 기다리는 사람 같았다.

저쪽엔, 아니, 아무것도 없어. 이쪽도 역시 벽이잖아. 그럼 저기는…… 정신 차려! 아, 그럴 리가 없어!…… 이 마지막 말은 혼잣말이라기보다 세번째 벽에 대고 한 말이었다. 아무리 보아도 다른 벽들과 흡사한 아주 평범한 벽이었다. 하지만 그러한 외관이 가짜라는 것을 그는 알고 있었다. 덧칠된 벽 뒤에는 극소수의 사람들만 알고 있는 수수께끼가 존재하고 있었다. 다름아닌 또 하나의 문이었다.

그 무엇도 이 문의 출현보다 더한 공포심을 불러일으키지는 못했을 것이다. 이 문은 건축가 자신도 모르는 사이에 다른 누군가에 의해 그곳에 설치되었지만, 그렇더라도 어떤 문제가 생길 경우 그 책임은 건축가가 고스란히 뒤집어쓸 수밖에 없었다. 차라리 아무것도 몰랐으면, 그 문의 존재에 대해 들은 바가 없었으면 좋았을걸. 불운은 다른 방향으로 물꼬를 트고 말았다. 공사가 완료되기 며칠 전, 후계자 아들의 요청으로 방공호가 무도회의 소음을 효과적으로 차단하는지를 확인하러 지하실로 내려간 적이 있었다. 그때 후계자의 아들은 보일 듯 말 듯 나 있는 문 하나를 가리키며 쾌활한 음성으로 말했다. "이게 '그분'의 지하실로 곧장 통한다고들 믿는 그 문이에요……" '그분'이란 바로 지도자 동지를 의미했다. 그러나 건축가가 전혀 모르고 있음을 눈치 챈 젊은이는 비밀을 누설하고 말았다는 자책감에 어쩔 줄 몰라 했다. 그는 건축가에게 이 비밀을 아무한테도 이야기하지 말라고 애원했다. 하지만 그날 저녁, 차라리 잊어버리고 싶은 일이 생길 때마다 그러했듯, 건축가는 이 사실을 아내에게 털어놓았다. 그의 아내는 언제나처럼 눈물을 글썽이며 몇 번이고 신신당부했다. "이제부턴 절대 함구하세요. 그 문에 대해서는 잊어버리라고요! 두 집 사람들 말고는 아무도 모르는 일이니까 당신 역시 모르는 일이어야 해요. 게다가 그 집의 설계사인 당신한테 마저 숨겼으니까. 그 말은 절대로 당신이 이 사실을 알아선 안 된다는 뜻이잖아요."

후계자가 죽은 뒤, 이 문은 한층 우울한 빛을 띠고 두 사람의 대화에 다시 끼어들었다. "당신, 이 문에 대해 아무한테도 말 안 했죠? 절대로 말하지 않을 자신 있죠?" "절대로! 내 무덤에 대고도 말 안 해!" 그가 맹세했다. "어느 때보다 조심해야 돼요." 그녀가 말을 이었다. "이제 사람들은 최악의 일을 상상할 테니까요. 두 집이 지하 통로로 연결되어 있고…… 살인자들이 이 통로를 이용했다면…… 아, 우린 점점 더 궁지에 몰리고 말 거예요!"

그날 아침 그가 외출을 준비하고 있을 때 아내는 눈물을 글썽
이며 또 한 번 그에게 다짐을 주었다. "그 문의 비밀 말 조심하세
요. 당신은 건축가일 뿐 잘못한 게 없어요. 당신을 파멸로 내몰
수 있는 건 단 한 가지, 당신이 그 문을 보았다는 사실뿐이에요."

후계자의 집에 대한 조사가 진행되는 내내 건축가는 마음속
으로 쉴새없이 되뇌고 있었다. '오 주여, 감사합니다. 이제 거의
끝나가는군. 이 고문도 곧 끝이 날 거야!' 그런데 마지막 순간,
이 집을 나서려는 찰나에 배신의 함정처럼 내무부 장관의 말이
그의 귓전을 울린 것이다. "지하실을 한번 둘러보았으면 싶군."
지옥으로의 추락을 부추기는 꼬드김도 이보다 더 끔찍하게 들리
지는 않았을 것이다.

건축가는 어느새 자신이 사는 건물 앞에 도착해 있었다. 아내
가 노심초사하며 그를 기다리고 있을 터였다. 그는 계단을 한달
음에 달려 올라갔다. 초인종에 손가락을 갖다대기 무섭게 아파
트 문이 열렸다. 아내가 문 바로 뒤에서 그를 기다리고 있었다.
그녀의 몸이 나뭇잎처럼 떨렸다. 그는 아내에게 키스를 한 다음
아내의 머리를 자신의 뺨에 갖다댔다. 그리고 아내의 머리카락
속에 입을 묻고 말했다. "끝났어, 이제 다 끝났어." 그러자 아내
가 그를 쳐다보며 말문을 열었다. "얼굴이 정말 창백하군요! 이

리 와 편히 쉬어요……"

그는 침실로 들어갔다. 그리고 침대에 등을 대고 누워 다시 안도의 한숨을 내쉬었다. '주여, 이제 다 끝났습니다!' 아내가 그의 머리맡에 앉아 머리카락을 쓸어주는 동안 그는 이야기를 시작했다. 건물 설계도를 그릴 때에는 퍽 꼼꼼한 그였지만 말솜씨는 어눌했다. 지하실로 내려가는 계단의 대목에 이르자 아내가 그의 손을 꼭 쥐었다. 사자(死者)들을 위한 이슬람교도들의 옛 기도가 머릿속에 떠올랐다. '암흑 속을 혼자 지나게 될지라도 두려워 말지니……'

그는 장관의 뒤를 바짝 좇아 계단을 따라 내려가며 눈앞에 문이 나타날 순간만을 기다렸다. 그런데 운명의 심판이 내려지게 될 그곳, 바로 그 장소에 다다랐을 때 갑자기 모습을 드러낸 건 매끈한 벽면이었다.

회반죽과 갓 바른 시멘트 냄새로 미루어 최근에 공사가 이루어진 게 확실했다. "기껏해야 이삼 일 전에. 하지만 내겐 세상에서 가장 아름다운 벽이었소. '축복받은 벽이여! 희망과 기도의 벽이여' 라고 나는 생각했지. 유대인들이 예루살렘 성벽 발치에 꿇어 엎드렸듯이 나 역시 그러고 싶은 심정이었어. 눈물을 흘리며 송가를 부르고 싶었지. 어떻게 스스로를 억제할 수 있었는지 모를 지경이야. 장관은 분명 곁눈으로 내 표정을 살피고 있었어.

나를 시험하고 있는 게 확실했지. 그가 보고서에 기록해 넣을 말들이 번개처럼 머릿속을 스쳐갔어. '건축가는 벽면을 마주하고 어떤 놀라움도 표하지 않았다. 그에게 지하 통로에 대해 언급했을 때도 마찬가지였다.'"

아내는 계속 그의 머리카락을 쓰다듬고 있었다. "끝났어요. 완전히 끝난 거예요." 그녀의 입에서 간간이 이런 말이 새어나왔다. "결국 다시 폐쇄되었잖아요." "우리 쪽에서 보면 물론 그렇지." 그가 맞장구쳤다. "우리가 보기에는 이제 폐쇄된 문이지만 처음 그 문을 단 자들에게는 그렇지 않아. 그 가련한 인간들은 공포에 떨며 기다릴 테지. 이미 만신창이가 되지 않았다면 말이야."

그녀가 보기에 남편은 무언가 다른 말을 하고 싶지만 주저하는 것 같았다.

"한숨 자도록 해요." 그녀가 간청했다. "당신 곁에 누울까요?"

"이리 와요!"

그녀는 입고 있던 옷을 모두 벗어던지고 애교 있게 남편의 품 안으로 들어갔다. "눈 좀 붙여요. 긴장을 풀고요." 그녀는 남편의 귀에 대고 속삭였다. 하지만 그는 마음의 평정을 찾지 못한 것 같았다. 무언가 하고 싶은 말이 더 있는 게 분명했다.

"무슨 문제가 있어요?" 결국 그녀도 묻지 않을 수 없었다. 그는 그렇다는 표시로 고개를 끄덕였다. "그래, 문제가 있어……
혼자 간직할 수 없는 문제야."

그녀는 굳은 표정으로 정색을 하며 물었다. "하지만 제게 모든
걸 털어놓았잖아요." 속삭이는 듯한 부드러운 목소리였다. "그
것 말고 중요한 건 하나도 없어요. 그러니 이제 잠을 청해요!"

"아니야." 건축가가 말했다. "모두 털어놓는 게 낫겠어. 그러
고 나면 마음이 놓일 것 같아…… 그 문은……"

그의 아내는 자신도 모르게 부르짖었다. "아직도 문 이야긴가
요! 그 문은 폐쇄되었다고 했잖아요! 영원히 폐쇄되었다고……"

"그건 한치도 어김없는 사실이오. 하지만 놀라지 말아요. 또
다른 문제가 있으니까. 어느 날……"

아내는 그의 손을 꽉 쥐었다. 갑자기 그의 머릿속에 이슬람교
도들의 옛 기도가 떠올랐다.

그는 평상시와 달리 또박또박 아내에게 자초지종을 털어놓았
다. 후계자의 아들로 인해 문의 존재를 알고 나서 얼마 안 돼 그
는 혼자서 그 문을 보러 갔다고. 빌어먹을 호기심의 부추김을 받
아서였다. 결국 그는 지하실로 내려가 칙칙한 어둠 속에서 문을
찾았다. 그리고 장님처럼 그 문 위를 한참 동안 더듬고 나서야
그때까지 미심쩍었던 한 가지 사실을 확인하게 되었다. 이 문은
한쪽에서만, 즉 지도자 동지의 집 쪽에서만 열린다는 사실이었

다. 그쪽에만 빗장과 자물쇠가 설치되어 있었고, 후계자 집 쪽에는 정말이지 아무것도 없었다!

"이해할 수 없네요." 아내가 말을 가로막았다. "그러니까 당신의 비밀이라는 게 그건가요?"

건축가는 씁쓸한 미소를 지었다. 어떻게 이 말을 이해하지 못할 수 있지? 지고의 신비는 아이들 놀이와도 같지 않은가. 지도자 동지와 그의 사람들은 아무 때고 원하기만 하면, 새벽이건 자정이건 상관없이 후계자의 집으로 침투할 수 있었다는 것. 하지만 후계자는 그럴 수 없었다는 것. 이것이 그의 말의 요지였다. 요컨대 후계자는 이 문이 열리는 걸 막을 수 없었고, 그래서도 안 되었고, 그럴 권리도 없었던 것이다. 양편에서 이런 합의를 보았음이 틀림없었다.

그녀도 마침내 사정을 파악했다. 그러나 잠시 말을 잃은 채 그대로 있었다. "그렇다면 살인자들이 마음대로 그 문을 통과할 수 있었다는 말인가요……?" 그녀가 간신히 말을 꺼냈다. "당신이 방금 얼마나 끔찍한 말을 했는지 알기나 해요? 불쌍한 양반."

"물론 알지." 그가 맞장구쳤다. "그래서 여태 당신한테 말하지 않은 거요. 이 비밀을 지키기 위해 내가 어떤 고통을 감내했는지 신만이 아시겠지. 가슴속에 시커먼 구멍이 나 있는 게 차라리 견디기 쉬울 거요. 이 사실을 털어놓고 나니 한 짐 던 기분이오."

그녀는 다시 남편을 부드럽게 어루만지며 속삭였다. "가엾은 사람."

건축가가 다시 말을 이었다. "그 문은 한쪽에서만 열렸단 말이오. 죽음의 문처럼……"

그녀는 양팔로 남편을 감싸 안았다. 이제 두 사람에게 남은 일은 이 모두를 잊는 것이었다. 남편이 독을 뱉어낸 마당에, 다시 그것을 언급하지 않겠노라는 다짐만이 그들에게 남아 있었다. 풀 한 포기 자라지 않는 사막이라 할지라도 이 말을 누설해서는 안 된다. 사막에서도 발설된 비밀은 메아리가 되어 돌아올 수 있는 법이니까. 어느 날 임금님의 머리를 깎게 된 한 이발사에 관한 옛이야기처럼……

"그 임금님이 바로 조르크 골레미 아니오?" 그가 물었다. "그 이야기를 좀더 해줄 수 있겠소?"

마치 자장가를 흥얼거리듯, 아내는 아까와 같이 조용한 목소리로 이야기를 시작했다. 건축가는 반쯤 눈을 감은 채, 사막의 황무지와 얼이 빠진 듯한 모습으로 그곳을 지나는 이발사를 상상했다. 임금님의 머리를 깎다가 이발사는 어마어마한 비밀을 발견하고 말았다. 임금님이 이발사에게 가한 협박 역시 너무도 끔찍해서, 이발사는 생각만 해도 등골이 오싹해졌다. "네가 내 머리를 깎으며 본 걸 어디서든 누설하는 날이면 네 목숨은 끝난

줄 알거라. 가엾은 녀석!" 하지만 아무리 단호한 금지령이 내려
진다 해도 이발사는 비밀을 털어놓지 않고는 배길 수 없을 것 같
았다. 임금님의 뒤통수 목덜미께에 작은 뿔 두 개가 나 있다는
사실을. 큰 소리로 외치고 싶어 안달이 난 그는 결국 겨울철 황
량한 허허벌판의 인적이 닿지 않는 곳을 찾아나섰다. 그러다 마
침내 바람에 흔들리는 갈대들 사이, 버려진 우물가에서 발길을
멈추었다. 그는 그곳에 웅크리고 앉아 속에 꼭꼭 숨겨둔 말들을
쏟아놓았다.

　내가 알고 있는 게 뭐지?
　내가 말하지 않은 게 뭐지?
　우울한 눈길의 조르크 골레미는
　목덜미에 뿔 두 개가 나 있다네……

　마음의 한 짐을 덜어낸 뒤, 그는 다시 자신이 사는 마을로 돌
아왔다. 이제 비밀을 뱉어냈으니 선술집에서든 집에서든 더이상
이 일로 괴로워하지 않으리라 안심하면서. 그런데 얼마 지나지
않아 그곳을 지나던 한 목동이 같은 장소에 멈추어 서서 피리를
만들기 위해 갈대 하나를 꺾었다. 그는 익숙한 손놀림으로 잽싸
게 갈대를 다듬어 일곱 개의 구멍을 낸 뒤 피리를 만들어 입술에

대고 불었다. 순간 목동은 기겁을 하고 말았다. 피리에서 자신이 부는 가락 대신 이상한 말이 흘러나왔기 때문이다.

내가 알고 있는 게 뭐지?
내가 말하지 않은 게 뭐지?
우울한 눈길의 조르크 골레미는
목덜미에 뿔 두 개가 나 있다네……

놀라운 이야기야, 하고 건축가가 혼자 감탄을 거듭하는 동안, 아내가 그의 귀에 대고 속삭였다. 이제 마음속의 독을 뱉어버렸으니, 기분을 가라앉히고 그 빌어먹을 문일랑은 잊어버리라고. 그런데도…… 그런데도 혹 이발사처럼 어떤 우물가에서 짐을 덜고 싶은 생각이 든다면 그녀 자신의 우물에 입을 갖다대라고…… 그의 짐은 어떤 짐보다 어둡고 비밀에 차 있다고 그 자신이 털어놓지 않았던가.

그는 아내의 지시대로 했다. 하지만 그녀의 내면 깊숙한 곳에서 새어나오는 들릴락 말락 한 소리를 그는 포착할 수 있었다. 내가 알고 있는 게 뭐지…… 내가 말하지 않은 게 뭐지…… 문은…… 한쪽에서만 열린다네!

극심한 공포로 인해 그는 웃음조차 나오지 않았다. 소곤대는 듯한 이 말들은 뒤죽박죽이 되었다가 한마디 한마디 한숨소리로 변하더니 이윽고 침묵이 찾아들었다.

아내는 그가 잠시 잠이 든 거라고 생각했지만 순간, 그의 웅얼거림이 다시 들려왔다. 티라너 전역에서 후계자의 죽음을 자살이 아닌 은폐된 살인으로 믿는 이들은 끝없이 되묻곤 했다. 누가 그를 죽였을까? 이 물음에 별의별 추측이 가능했지만, 진짜 살인자가 누군지는 아무도 몰랐다.

"이제 좀 자도록 해요." 그녀가 애원했다. "다 잊어버리라고요. 당신은 너무 지쳐 있어요."

"알았소. 그렇게 하지. 하지만 고백하지 않은 사실이 아직 하나 더 있어요. 그걸 털어놓지 않으면 잠들 수 없을 것 같아. 아무도 모르는 비밀이오. 이게 마지막이야. 맹세하지!……"

"맙소사!" 그녀의 입에서 신음 소리가 터져나왔다. "더이상은 아무 말도 듣고 싶지 않아요!"

"정말이지 이게 마지막이오. 그 다음에는 아무것도, 아무것도 없소."

아내의 침묵이 그에겐 일종의 동의처럼 여겨졌다. 그는 그녀의 귀에 입을 바싹 갖다대고 마음속에 감추어둔 말을 단숨에 쏟아부었다.

"너나없이 찾고 있지만 결코 찾아내지 못할 그 사람, 살인자는…… 바로 나요!"

아내는 왈칵 터져나오려는 울음을 안간힘을 다해 참았다.

"내가 미쳤다고 생각하오? 내 말을 믿지 않는 거요?"

그는 차갑고 무표정한 눈으로 그녀를 쳐다보았다. 이제껏 그녀가 한 번도 보지 못한 눈빛이었다.

"당신도, 당신마저도 나를 못 믿는단 말이지!" 그는 혼잣말처럼 중얼거렸다.

그의 눈길이 분노로 점점 어두워졌다. 그녀는 마치 온 세상이 산산조각 나서 다시는 돌이킬 수 없을 것 같다는 느낌이 들었다. 그래서 남편에게 몸을 기대고 그의 몸을 부드럽게 감싸 안으면서 귀엣말로 속삭였다.

"물론 당신을 믿어요. 당신 아니면 누가 그 일을 할 수 있었겠어요?"

그는 아내의 손을 잡아 감사의 표시로 자신의 입술에 갖다댄 다음 곧바로 잠에 빠졌다.

그녀는 손으로 턱을 괸 채 한참 동안 그의 메마른 얼굴을 들여다보았다. 묘한 평화가 깃든 얼굴이었다.

'불쌍한 양반!' 순간 그녀의 눈에서 눈물이 하염없이 솟구쳤다. '이렇게 이성을 잃고 말다니, 그들이 결국 이긴 거야!'

4

알바니아 수도에서는 기온이 급강하했다. 계절이 바야흐로 3월 말로 접어들었다는 사실을 떠올리는 사람은 거의 드물었다. 옛말대로라면, 3월은 보통 자신의 기분을 상하게 한 자들을 골탕 먹여 뼛속까지 떨게 할 심보로 형제인 2월에게서 사흘을 빌려온다는데, 모두가 잊어버린 듯했다.

옷깃을 세우고 추위에 몸을 웅크린 채 걸음을 재촉하는 사람들에게는 또다른 걱정거리가 있었다. 그들은 잠시 후 수도의 열네 개 주요 홀에서 열리는 회합에 참석할 예정이었다. 이 회합이 후계자의 죽음과 관련된 매우 중요한 회합이라는 것은 모두가 알고 있었지만, 그 밖에 무엇이 그들을 기다리고 있을지는 전혀 예측할 길이 없었다.

아침부터 불어닥친 일들은 놀라움의 연속이었다. 각자 자신의 사무실에서 봉투를 열어보는 순간, 그들은 홀 배정이 통상적인 위계질서를 완전히 무시한 채 이루어졌음을 깨달았다. 차관의 속기사가 대회장으로 가장 유명한 장소인 오페라 극장으로 가게 된 반면, 막상 차관 자신은 그때까지 한 번도 발을 들여놓은 적 없는 농업기술고등학교 교실로 가야 했다. 그렇게 초대받은 장소에 도착한 참석자들은 또 한 번 놀라지 않을 수 없었다. 예전과는 달리 최고 간부회의의 긴 탁자도, 붉은 테이블보도, 꽃장식도 없었기 때문이다. 대신 녹음기를 올려놓은 평범한 네모꼴 탁자 뒤에 의자 하나가 달랑 놓여 있었다. 하지만 이것도 좌석의 배치를 보고 받은 또다른 충격에 비하면 아무것도 아니었다. 평범한 사무원이나 대학교수, 운전기사, 머리가 희끗희끗한 여성 투사, 정치국 위원, 장관, 이들은 모두 말없이 자신에게 일어난 극적인 사건을 감내하고 있었다. 그들은 초대장에 인쇄된 좌석 번호를 미심쩍은 눈으로 몇 번이고 확인한 뒤에야 서로의 곁에 가서 앉았다. 어떤 이들은 고위층 인사와 어깨를 나란히하고 있다는 사실을 알고선 갑자기 의기양양한 표정이 되었지만어찌 된 일인지 금세 풀이 죽더니 공포의 기색이 서렸다.

한 시간 반이 지나 대회장을 나서는 사람들은 하나같이 넋이 나간 모습이었다. 그들은 녹음기를 통해 정치국에서 있었던 지도자 동지의 연설을 듣고 난 참이었다. 원래 이 연설은 12월 13일 저녁에 후계자가 참석한 가운데 거행하기로 되어 있었으나 시간이 늦었다는 이유로 다음날인 14일로 발표가 연기되었다. 그런데 하필이면 이날 밤과 14일 새벽 사이에 후계자가 자살을 하고 만 것이다.

연설을 들으면서 사람들의 머릿속에 처음 떠오른 생각은 이러했다. 즉, 후계자는 다음날 지도자 동지로부터 받게 될 질책을 상상하면서 고문의 순간을 기다릴 용기를 낼 수 없었고, 결국 자살로 이 순간을 앞당겨버렸다는 것. 그런데 놀랍게도 이 연설은 후계자에 대한 사면을 선포하며 막을 내렸다. 사람들의 머릿속에서 그 모든 사건의 순서가 뒤죽박죽 되어버리기에는 그것으로 충분했다.

이제 수도에 사는 수많은 주민들은 불안의 도가니로 빠져들었다. 얼마 전, 그러니까 12월 14일 아침, 정치국 위원들이 느껴야 했던 것과 똑같은 당혹감이었다. 그들이 기억하는 한, 시계의 작동이 이토록 잔인하게 정지된 적은 일찍이 없었다. 시간의 정지로 인해 열두 시간, 즉 대부분의 밤과 그 끄트머리의 새벽이 완벽하게 삭제되고 만 것이다. 그리하여 갑작스레 화요일이 닥쳤다. 월요일이 부여한 일말의 너그러움이 그 안에 내재되어 있긴 했지만. 간간이 감동으로 가르랑거리는 소리가 끼어드는 온

화하고도 유창한 지도자 동지의 목소리가 깊은 정적 속에서 울려퍼졌다. 그는 예전처럼 후계자의 이름을 부르며 연설을 이어가고 있었다. "확신하건대, 오늘밤 자네에게 재차 반성의 시간을 주고, 내일 우리가 다시 이 홀에 모일 때에는 자신의 잘못을 한층 분명히 파악할 수 있으리라 믿네. 자네를 사랑하는 동지들 사이에서 다시 한번 자네는 우리 사람이 될 것이며, 전처럼 당을 위해 소중한 존재로 남을 것일세."

'내일'은 모두에게 다시 왔지만 후계자에게만은 예외였다. 그가 지도자 동지의 이 말을 영영 듣지 못하게 된 것은 어쩌면 숙명과도 같았다. 회의가 길어지자 지도자 동지는 자신의 입장 발표를 다음날로 미루기로 결심한 것이다. "정치국 동지들 모두가 자신들의 견해를 표명했고, 이제 본인의 차례가 되었소. 하지만 시간이 많이 지체되어 본인의 입장 표명은 내일 아침으로 미루는 게 좋겠다고 생각하오." 그러나 총회의 연장은 후계자에게는 치명적이었다.

회의의 연기, 월요일과 화요일을 잇는 시간의 지협, 후계자가 건너뛸 수 없었던 이 고랑이 후계자를 심연으로 굴러떨어지게끔 한 것이다. 그에 대한 사면의 현장에 모든 이가 참석했지만 막상 후계자 자신은 제외되었다.

홀에 모인 사람들은 차츰 목이 메어 비탄에 잠기기 시작했다.

그 길고 지루했던 가을 내내 불안과 모욕을 감내했던 사람이 어찌 그 하룻밤을 참을 수 없었단 말인가? 그렇게 서둘러 목숨을 재촉한 이유가 무어란 말인가?

녹음기를 통해 지도자 동지의 목소리가 계속 흘러나왔다. 중간중간 비애의 억양이 묻어나오기조차 하는, 변함없이 온화한 목소리였다. 참석자들은 서로를 훔쳐보았다. '아, 후계자가 이 사면의 현장을 놓치고 말다니!'

그런데 이 회한의 물결 사이로 갑자기 한 가닥 싸늘한 물줄기가 흘렀다. 그들을 휘감아오는 충격과 흥분이 이대로 지속될 것인가? 오전 내내 그들의 머릿속을 떠나지 않았던 의문이 다시 꿈틀대기 시작했다. 이 모든 사건의 이면에는 어쩐지 부자연스런 구석이 있었다. 그들이 듣고 있는 이 말은 후계자가 아직 생존해 있던 월요일의 내용이지만 그가 시신으로 발견된 화요일에야 발표되었던 것이다. 시간의 흐름 법칙에 제동을 걸면서 과거가 현재가 된 것이다. 전날과 다음날, 이 문제에 이르면 누구나 속수무책이 되고 말았다.

오후가 지나면서 사람들의 당혹감이 점차 수그러들었다. 대신 그들은 보기 드문 흥분에 휩싸여 이 사건의 전후맥락을 더듬어보게 되었다. 후계자가 잘못을 저질렀고, 이상한 방식으로 그의 죽음이 발표되었고, 추모식이 생략되었고, 후계자의 죽음이 있던 날 밤, 사람들이 보았다던 알 수 없는 그림자에 대한 소문이 나돌았고, 그후로 의혹은 쌓여만 갔다. 그런데 그것만으로는 부족했는지, 이제 그들은 월요일과 화요일의 전도(顚倒)라는 문제와 맞닥뜨리게 된 것이다. 어처구니 없는 일이었다! 시간의 경련 현상은 수도 주민들에게 견디기 힘든 것이었다.

5

"알바니아에서는 후계자를 둘러싼 수수께끼가 여전히 풀리지 않은 채로 일상이 지속되고 있다." 전 세계 정보기관에서 입수한 보고서는 대부분 이런 문장으로 시작되었다.

자살인지 타살인지, 이 익숙한 두 가지 가정이 등장한 이래로, 자살설을 지지하는 자들은 여전히 의문을 품었다. 그가 살해당할 이유가 뭔가? 누가 그를 살해했단 말인가? 그중 한 질문의 답을 찾으면 다른 하나도 저절로 해결되리라는 것이 논리적 귀결이었다. 그러나 지금까지 그런 조짐은 전혀 보이지 않았다.

그 와중에 후계자를 둘러싼 수수께끼에 다시 도전한 아이슬란드의 한 영매가 이윽고 한 설(說)을 내놓았다. 고인의 깊고 거친 숨결이 한겨울의 휘몰아치는 눈보라를 뚫고 그에게 들려왔다는 것이다. 그 가운데는 12월 13일 밤과 관련된 일뿐 아니라 어떤 여자, 정확히 말해 두 여자에 관한 것이 있다고 했다. 한 여자가 다른 여자를 거부했는데, 이것은 한 여자가 존재하면 다른 여자의 존재가 당연히 비정상적이고 심지어 불가능한 것이 되기 때문이었다. 후계자와 이 두 여자 사이에는 빚 혹은 미수금과 흡사한 무언가가 있는데, 간청이나 약속, 아니면 협박으로 해석될 수도 있다고 했다. 이같은 영매의 설명은 독일어나 고대 라틴어로 씌어진 문장은 차치하고라도 전체적으로 알쏭달쏭하게 작성되어, 국제 정보기관 연구원들의 얼굴에는 '알 만하다'는 듯한 미소가 떠올랐다. 후계자의 수수께끼에 연적 관계인 두 여자를 끌어들인다는 것은 공산주의 사회에 대한 철저한 무지를 의미했기 때문이다. 이 아이슬란드인 영매에게는 몹시 실망스러운 일일 테지만 그의 주장에 대한 분석가들의 반응은 대체로 그러했다.

그러나 거기서 천 마일도 더 떨어진 사건의 발생지인 알바니아 수도에서는 후계자의 사망 발표 직후 지도자 동지의 연설이 있고 난 뒤, 예언과 어림짐작이 난무했다. 그런데 이같은 오리무중 속에서도 서서히 사건에 대한 재조사와 함께 후계자 개인의 복권 문제가 대두되기 시작했다. 뒤늦게나마 부검이 실시되었고, 그의 사망을 둘러싼 갖가지 무성한 소문에 대한 정황 조사가 이루어졌다. 이 소문들은 체계성이 결여되어 있었음에도 사람들은 그것을 묵인하고 용납하는 것 같았다. 한밤중에 후계자의 집으로 스며들었다던 '그림자'에 관한 소문이나 가정부가 얼핏 보았다던 두 남자의 그림자에 대한 소문이 그러했다. 두 남자가 후계자와 함께 지하실로 내려갔다는 정부의 증언이 있었다. 어쩌면 그때 후계자는 이미 시신이 되어 그들이 시신을 팔로 지탱하고 있었는지도 몰랐다……

이 새로운 수사는 다시 살인이라는 전제에 방점을 찍었다. 이윽고 후계자는 음모 집단에 의해 살해당한 혁명의 순교자가 될 것이었다. 이것은 공산주의 국가에서는 흔해빠진 시나리오이기도 했다.

새롭게 가세한 분석가들 중 한 명은 후계자가 한 가지 전제에서 다른 전제로, 마치 저주받은 영혼처럼 단테의 지옥도를 영원히 방황하고 있는 것 같다고 보고했다. 하지만 '저주받은 영혼'에서 시작해 '단테의 지옥도'에서 끝나는 이 마지막 문장은 분석가 자신에 의해 보고서에서 곧 삭제되었다. 차후에 회고록 등 다른 용도로 쓸 경우를 대비해서였다.

✱✱ 제3장 ✱✱
달콤한 추억

1

　'그들'이 그렇게 일찍 찾아오지만 않았던들 그날 아침도 여느 아침과 다름없었을 것이다. 차라리 다행이라고, 수잔나는 베개 밑으로 머리를 묻으며 생각했다. 실제로 그녀는 며칠 전부터 그들의 출현을 기다리고 있었다. 하지만 방문이 늦어지는가 싶더니, 어쩌면 그들은 부검을 비롯해 그 밖의 모든 조사를 포기한 것인지도 몰랐다. 잘된 일이야, 그녀는 다시 잠을 청하며 스스로를 타일렀다. 그때 밖에서 나는 어쩐지 심상치 않은 소리에 수잔나는 자리에서 벌떡 일어나고 말았다.

　어두컴컴한 복도 한복판에 서서 그녀의 남동생이 신경질적으로 손가락을 물어뜯고 있었다. 무슨 일이야? 라고 수잔나가 미처 묻기도 전에 그가 먼저 침실 문 쪽을 가리켰다. 지난번처럼 문 밑으로 가느다란 빛줄기가 불안스럽게 새어나오고 있었다.

들릴락 말락 하는 아주 독특한 소리가 방 안에서 흘러나왔다.

"저들이 아빠 방에서 총을 쏘고 있어." 나지막한 목소리로 남동생이 일러주었다.

"뭐?" 수잔나는 외마디소리를 질렀다.

"총을 쏜다니까. 무서워하지 마."

"너 미쳤구나!"

수잔나의 반응에 동생은 아무런 대꾸도 하지 않았다. 조금 전처럼 고개를 방문 쪽으로 돌린 채 긴 다리를 건들거리며 서 있기만 했다. 수잔나는 잠옷 밖으로 자신의 벌거벗은 가슴이 드러나 있는 것을 깨닫고는 얼떨결에 단추를 찾기 위해 손을 더듬거렸지만 끝내 포기하고 말았다.

그때 어렴풋하게나마 폭발음 소리가 들려왔다. 당신들 모두 정신이 나갔군요! 수잔나는 마음속으로 외쳤다. 그들이 아버지를, 아니 아버지의 시신을 또다시 살해하는 중이라는 당치 않은 의심이 아직 잠이 덜 깬 그녀의 머릿속에서는 그들이 미친 만큼이나 그럴듯하게 여겨졌다.

동생이 문 쪽으로 달려갈 것처럼 보이자 수잔나가 그의 손을 꼭 잡아쥐었다.

"기다려."

두 사람은 부둥켜안다시피 한 상태에서 조용히 서로의 숨소리만을 들으며 문이 열릴 때까지 꼼짝 않고 기다렸다. 잠시 후 환하게 불 밝혀진 방 안에서 서둘러 나오는 한 남자의 형체를 식별할 수 있었다. 그의 손에는 방금 전에 분명히 그가 쏘았을 권총 한 자루가 쥐어져 있었다.

거기서 뭐 하세요? 라는 물음이 도저히 입에서 떨어지지 않을 것임을 수잔나는 알고 있었다. '미쳤다'거나 '끔찍하다'는 말 역시 마찬가지였다. 권총을 든 남자의 뒤를 이어 반쯤 열린 문으로 다른 두 남자가 나왔다. 흰 가운 차림에 손에는 다양한 쇠붙이 기구가 들려 있었다. "안 돼요!" 수잔나의 입에서 저도 모르게 신음 소리가 터져나왔다. 그 기구들은 온통 피로 얼룩져 있는 듯했다. 그것으로 모자랐는지 마지막으로 나온 남자는 커다란 생고깃덩이가 담긴 용기를 손에 받쳐들고 있었다.

악몽이야! 수잔나는 동생의 어깨에 얼굴을 묻으며 생각했다. 어쩌면 실제로 이것은 최근 들어 그녀가 자주 꾸곤 했던 나쁜 꿈에 불과한 건지도 몰랐다. 동생의 손바닥을 손톱으로 찔러보았지만 여전히 꿈속을 헤매는 듯, 아무런 소용이 없었다. "무서워하지 마." 동생은 누나를 안심시키기 위해 되뇌었다. "저건 시험 발사야." 한 전문가가 방금 전에 그에게 전해준 내용이었다. "무슨 말인지 알지?"

수잔나는 동생의 설명을 알아듣지 못하는 것 같았다. 사정을 털어놓기 거북한 듯, 그는 누나의 귀에 입을 바싹 갖다댔다. "총성이 밖에서도 들리는지 확인하기 위한 시험이야, 알겠어? 고깃덩어리, 그러니까 쇠고기에 대고 총을 쏜 거라고. 총구를 목표물에 바싹 대고 쏘면 어떤 소리와도 닮지 않은 아주 특이한 소리가 나거든!"

마침내 수잔나의 뇌 속에 반짝 불이 켜졌다. "이런 말은 전부 어디서 들은 거니? 저들과 함께 일하는 거야?"

"누나 미쳤구나!" 어이없다는 표정으로 그가 맞받았다.

실제로 아버지의 암살에 가담했을 법한 가족 구성원에 대한 의심을 공유하면서 남매는 여러 날을 보낸 터였다.

남동생은 누나의 어깨에 팔을 두른 채 침실까지 데려다주었다. '가족의 재난을 자초한 것만으로도 모자라서 누난 이제 우리 신경을 긁어놓겠다는 거지!'라는 말이 동생의 입에서 흘러나오지 않은 것만으로도 그녀는 감사했다. 방금 전 그녀의 간담을 서늘하게 했던 피투성이 도구들 역시 다른 장치들과 마찬가지로 그녀의 가족에게 도움이 되어주리라. 이 시험 덕분에 그녀와 가족들은 다시 예전 생활로 돌아갈 수 있을 것이다.

혼자 남게 되자 수잔나는 자신의 젖가슴과 배, 그리고 더 아랫도리를 오른손으로 가볍게 쓸어내렸다. 여전히 무어라 규정짓기

어려운 감정이 마음 한켠에 남아 있었다. 순간 그녀는 벌써 오 개월 이상 남자와 잠자리를 갖지 않았다는 사실을 떠올렸다. 자신에게서 영영 떠났다고 믿었던 그 욕구가 다시 머리를 쳐들었다. 전보다 한층 더 집요하게.

'오 개월이나……' 하고 그녀는 생각했다. 어떻게 그럴 수 있을까? 단 한 주도 사랑을 나누지 않고는 살 수 없다고 믿었던 그녀가 벌써 오개월째 수녀와 같은 생활을 해온 것이다!

겐치와 함께한 마지막 순간의 추억들이 머릿속을 스쳐 지나갔다. 두 사람이 약혼식을 치른 다음 해변의 한 별장에 머물렀을 적의 일이다. 때는 9월 중순이었다. 그맘때면 인적이 끊기고 별장이 하나둘씩 비기 시작한다. 날씨는 차지 않았지만 둘은 페치카에 불을 지폈다. 그리고 당시 종종 그랬듯이 둘은 알몸이 되어 길게 누웠다. 그녀의 욕구와 잇따른 신음 소리가 여느 때보다 강렬했다. 남자의 입에서도 평소와는 달리 부상자의 앓는 소리와도 흡사한 허덕이는 신음이 새어나왔다.

"무슨 문제가 있는 거야?"

여전히 숨을 몰아쉬며 수잔나가 다짜고짜 물었다. 오르가슴에서 벗어나기 무섭게 어김없이 그날의 걱정거리로 돌아가는 파트너들의 모습을 보곤 했던 것이다. 그녀는 씁쓸한 미소를 지었다.

"뭔가 들은 거 있지?" 젠치가 그녀를 뚫어지게 바라보며 물었다.

그녀가 고개를 끄덕였다. 물론 그녀도 소문으로 들은 게 몇 가지 있었다. '블로쿠' 안에서도 소문이 나돌았다. 하지만 생각만큼 대단한 문제는 아니라고, 그녀는 스스로에게 타일렀었다. 약혼에는 으레 험담이 따르게 마련이라는 건 누구나 아는 사실이니까.

그는 잠자코 있었다.

수잔나는 손끝으로 그의 머리카락을 가볍게 쓸었다.

"안 그런 척해도 신경이 쓰였던 게 사실이지?" 이윽고 그가 다시 입을 열었다.

그의 말이 옳음을, 그런 소문이 불쾌했음을, 그녀도 부인하지 않았다. 하지만 그가 짐작한 그런 이유 때문만은 아니었다.

"설명하기 쉬운 일은 아니야…… 그건 오랫동안 나를 괴롭혀 온 어떤 장애물과 관련된 거야…… 무슨 말인지 알겠어?…… 내 말은…… 난 이런 일이 일어나기를 너무도 원했어……자기는 상상도 못 할 만큼…… 그런데 이 일이 내게 일어난 거야."

"대체 무슨 일이 일어났단 거지?" 그가 말을 가로막았다. "이런 상황에선 으레 험담이 따른다고 말한 건 너잖아…… "

"물론 그래…… 그렇더라도 이런 험담이 장벽처럼 느껴지고 환멸감을 주는 건 사실이야. 뭐라 해야 할까…… 사랑처럼 상처 받기 쉬운 문제에선 때로 사소한 것 하나가 기쁨을 망쳐버리기 일쑤지."

그는 곁눈으로 부드럽게 출렁이는 그녀의 연갈색 머리카락을 유심히 살펴보았다. 그 밑에서 동요하는 생각의 경로를 추측해 보려는 것 같기도 했다. 두 사람이 처음으로 알몸이 되어 한 침대에 누웠던 그날, 그런 말을 한 건 바로 그녀 자신이었다. 그녀 는 흥분에 들뜬 손으로 입고 있던 여름 원피스를 벗은 다음 속옷 까지 벗었다. 욕망에 눈이 멀어 그의 망설임을 눈치채지 못하고 있었다. 자신의 입에서 나오리라고는 상상도 하지 못한 말들을 내뱉으면서 대담하게 그의 몸 이곳저곳을 애무했다. "자기와 사 랑을 나누는 게 좋아. 이렇게, 이렇게 말이야…… 알겠지? 지금 어떤 기분인가 하면……" 순간 수잔나는 남자의 불편한 기색을 알아차렸다. "겁내지 마. 난 처녀가 아니니까." 그가 주춤대는 이유가 무언지 알겠다는 듯, 이렇게 속삭였다. "난 이미 오래전 부터 처녀가 아니었어…… 가까이 와요." 그녀는 조르듯이 말을 이으며 한결 요염한 태도로, 마치 화난 사람처럼 그에게 몸을 내 던졌다. 어떤 맹목적인 원한에 사로잡혀 있는 것 같았다. 그는 죄를 짓다 발각된 사람처럼 외면하고 말았다. 그는 어찌할 바를 몰랐다. 그는 사랑을 나눌 수 없었다. 자신에게는 처음 있는 일임을 그녀에게 설명하려고 했다. 그때까지 다른 여자들과 한 번도 그러지 않았다는 것을.

수잔나는 '다른 여자들'이라는 말이 자기 안에 불러일으킨 질투와 격정에 힘껏 매달렸다. 자신이 잘못하고 있음을, 유치한 짓거리에 빠져 있음을 알면서도 화를 떨쳐버릴 수 없었다. 그러니까 다른 여자들하고는 아무런 문제가 없지만 나와는 안 된다는 말이지!

"들어봐, 내 말 좀 들어봐……" 수잔나가 생각하는 그런 게 아니라고, 그는 단도직입적으로 말했다. 오히려 그 정반대이며, 자신의 이런 모습은 그녀를 너무 사랑한 데서 기인한 것임을……

그녀는 그의 입을 틀어막고 싶었다. 뻔한 얘기잖아! 고교 시절 댄스파티에서도 같은 반 남학생들이 그랬으니까. 다른 여자아이들을 상대할 때는 몸이 달아오르던 그들도 자신과 춤출 차례가 되면 무슨 마법에라도 걸린 듯 뻣뻣이 굳어버리곤 하지 않았던가. 그들의 얼굴이 빨개지고 손이 떨리는 것이 처음에는 욕구 때문이라 생각했으나 그것은 착각이었다. 손이 그녀의 허리께에 이르면 그들은 몸을 밀착해오는 대신, 맥이 빠져 조심스레 달아날 궁리만 했다. 잠시 후 다른 여자아이들과 재미를 볼 심산으로.

지금 그가 하고 있는 말도 어찌 보면 비슷한 맥락이었다. 고위

급 인사의 딸은 존경과 두려움, 선망의 대상일 뿐, 막상 그의 욕구를 돋우어놓는 것은 언제나 다른 여자아이들이라는 것. 겐치의 경우에는 가족의 전력이라는 요인이 가세하여 더욱 그러했다. 그녀는 겐치의 아버지에 대해 단편적인 몇 가지 이력을 들어 알고 있었다. 지진학자로 왕정 시기에 비엔나에서 공부한 그의 아버지와 가족의 운명에는 항상 불안의 그림자가 드리워져 있다는 사실을……

그녀는 조롱이 담긴 눈길을 반짝이며 남자의 변변찮은 변명을 듣고 있었다. 그녀의 내면 깊숙한 데에서 한 가지 질문이 탄식처럼 되풀이해 울려퍼졌다. '왜 하필 이런 일이 나한테 일어나야 하지?' 억눌려 있던 원한의 감정은 조금도 수그러들 기미가 보이지 않았다.

"독재의 공포가 그렇게까지 자기를 괴롭히는 거야?" 그녀는 이렇게 가시 돋친 말을 쏘아붙이고는 곧 후회했다.

청년은 입술을 깨물었다. 수잔나는 자신이 한 말이 심하다고 생각했는지 장난기 섞인 목소리로 얼른 덧붙였다. "우리 아버지와 내가…… 그렇게 두려운 존재야?"

남자의 눈에는 치유할 길 없는 절망의 빛이 드리워져 있었다. 수잔나는 그의 손을 잡아 입을 맞춘 다음 자신의 젖가슴과 아랫배 위에 차례로 올려놓았다. 수치심을 내던지자 모든 일이 한결

쉬워졌다. "고개 돌리지 마." 그녀가 부드러운 목소리로 속삭였다. "이게 그렇게 흉측하고 위협적으로 보여? 프롤레타리아 독재보다 더 끔찍하고 불길한 것으로 보이느냔 말이야. 말 좀 해봐. 제발!"

그는 대답하지 않았다. 수잔나는 알몸 상태 그대로 일어나 창가로 다가갔다. 잠시 그렇게 적막한 해변을 바라보고 있었다. 바닷물은 차가웠고 잿빛이었다. 멀리서 물가를 걷는 한 여자의 모습이 보였다. 수잔나는 그녀가 어머니란 것을 이미 알고 있지 않았더라면 하마터면 못 알아볼 뻔한 모습이었다. 어머니는 양 어깨 위로 펄럭이는 큼직한 숄로 인해 발걸음이 위태위태해 보였다. 수잔나는 자신의 얼굴에 옅은 미소가 번지며 입가가 일그러지는 것을 느꼈다. 그리고 딸의 오르가슴을 머릿속에 그려보고 있을 어머니의 모습을 상상했다. '엄마는 알고 있을까? 가엾은 엄마!' 그녀는 남몰래 한숨지었다. 한 달 전, 수잔나는 자신이 만나는 한 남자에 대해 어머니에게 털어놓았다. 어머니는 태어나 처음으로 이해심 있는 태도를 보여주었고, 수잔나는 혼신을 다해 자신의 마음을 열어 보였다. 그때까지 한 번도 입 밖에 꺼내본 적이 없는 일을, 수치심도 팽개치고 자신이 겪고 있는 고통을 적나라한 언어로 토로했다. 첫사랑 남자와 헤어진 후…… 아니, 헤어짐을 강요당한 이후…… 그녀는 지옥 같은 삶을 살고 있었다는 것. 엄마의 눈에는 응석받이 딸의 호사쯤으로 비쳤을 감정적 차원의 괴로움과는 다른 문제였다. 그것은 아무도 감히 입 밖에 낼 엄두를 못 내는 성적 고통에 관한 것이었다. 누구보다 가까운 존재인 어머니에게 이 사실을 고백하면서도 수잔나는 수치심을 느끼지 않았다. 지난 이 년간 규칙적인 성관계에 익숙해 있던 그녀의 몸이 갑작스레 이 세계로부터 단절되어버렸던 것이다. 그녀는 아버지의 명령에, 직위와 관련된 불가항력적 논리에 복종해야 했다. 그녀는 어린양처럼 고분고분하게 약속을 지켰고, 세상이 선사하는 지고의 쾌락을 포기했다. 하지만 언제까지고 그렇게 살 수는 없는 노릇이었다. 그러던 어느 날, 그녀는 마음에 드는 한 청년을 알게 되었다. 두 사람은 물론 진지한 만남을 가졌고 약혼을 생각하고 있었지만 수잔나는 그 남자를 좀더 잘 알려면 자주 만나볼 필요가 있었다. 그러나 그것이 불가능한 일임은 두말할 나위가 없었다. 경호원들의 감시는 차치하고라도 그들의 거주지가 제한 구역 안에 있었기 때문이다. 또 그녀가 시내라도 다녀올라치면 시구리미 일원들이 바싹 따라붙곤 했다. 그녀의 어머니만이 이런 고역에서 그녀를 구해줄 수 있었다. 예를 들면 비수기일 때 해변 별장에서 두 사람이 가끔씩 몰래 만날 수 있도록 도와준다든지…… 놀랍게도 어머니는 반대하지 않았다.

수잔나는 해변에서 머뭇거리듯 왔다갔다하는 이 형상을 계속 눈으로 좇았다. '가엾은 엄마……' 그녀는 세 번씩이나 같은 말을 혼자 되뇌었다.

수치심에서 완전히 해방된 알몸의 수잔나는 춤추는 듯한 가벼운 걸음걸이로 약혼자 곁으로 돌아왔다. 남자는 멍한 눈길로 벽난로의 불길을 지켜보고 있었다.

수잔나는 그의 무릎 위에 가볍게 올라앉았다. "다른 여자들에 대해 말해봐." 화가 말끔하게 가신 목소리로 그녀가 속삭였다. "자기가 먼저 말해주면 나도 이야기할게." 하지만 그의 답변은 짤막했다. "그러고 싶지 않아." 그녀는 남자의 머리카락과 목덜미를 부드럽게 쓰다듬으며 그의 마음을 돌려보려 했지만 소용이 없었다. "네 생각은 틀렸어. 내 마음에 걸리는 건 그게 아니야. 아무튼……" "아무튼 뭐야?" 그녀는 짓궂은 어조로 그의 말을 되받았다. "아무튼 만사가 순조로웠다면 오히려 이상한 일이지. 너희 모두가 합세해서 그런 공포를 야기해놓고 말이야……" "뭐라고!?" 그녀가 소리쳤다. 순간 그가 황급히 덧붙였다. "아니, 아무것도 아니야. 전부 잊어버려……" 느닷없이 찾아든 얼어붙은 듯한 침묵 속에서 이제는 남자가 그녀의 고수머리를 어루만지며 속삭였다. "알았어, 알았어. 이야기할게……" 그녀는 주의가 산만해져서 그의 말을 무심히 듣고 있었다. 언젠가 다리 골절로 병원에 입원했다가 자기보다 조금 연상인 한 간호사가 그의 침상으로 기어든 이야기. 그후 같은 수업을 들었던 한 여학생과의 관계. 그 다음엔 북부의 어떤 지방에서 열린 청년회 연수 기간 동안 발생한 연애 이야기.

"그런데 한 번도 무슨 문제를 느껴본 적은 없었단 말이지?" 잠자코 듣기만 하던 그녀가 물었다. "그러다가 내 차례가 되어서야 문제가 생긴 거야. 그렇지?" 그는 고개를 저었다. 상대방의 말을 반박하기 전에 '아니'라고 먼저 잘라 말하는 사람들의 습성이 그렇듯, 맹목적인 분노가 두 사람의 마음을 번갈아 사로잡았다.

"넌 다른 여자들과 다르다는 걸 왜 모르지?" 그가 말을 이었다. "넌 달라. 무슨 말인지 알아? 아주 다르단 말이야." 그녀는 이 말을 어떻게 받아들여야 할지 알 수 없었다. 어찌 보면 위안이 되는 말인 것 같았고, 어찌 보면 그렇지 않았다. 곧이어 그가 그녀의 연애 경험을 들려달라고 하자, 수잔나는 짐짓 열에 달뜬 듯 과장된 말투로 그 한 번의 경험을 털어놓았다. 아직도 그를 향한 복수심이 사그라지지 않았음을 쉽사리 짐작할 수 있었다. 다른 상황에서라면 좀더 간결하고 솔직하게 이야기했을 법한데 이날은 심술의 충동질을 받아 더 열렬하게 감정을 표출했던 것이다. 상대방이 받게 될 상처는 생각지 않은 채. 자기는 날더러

101

'다르다'고 했지? 하지만 정말 다른 것은 바로 그 남자가 아닐까? 그는 상대방을 숭배하지도 두려워하지도 않았으니 말이야. 어쩌면 말없이 체제를 반대한 사람이었는지도 모른다. 아니면 전혀 그렇지 않았을 수도 있고…… 단지 무관심했는지도 모르지. 무관심한 동시에 도도했다고 해야 할까.

수잔나는 흔히 말하듯 첫만남에 몸을 맡겼다. 그녀의 나이 겨우 열일곱이었다. 어떤 남자라도 그녀에게서 순결을 빼앗은 사실을 확인하게 되면 두려움은 아니더라도 어떤 심적 동요를 느끼게 마련일 텐데, 그는 거기에 대해서는 한마디도 하지 않았다. 순간 그녀는 이해했다. 그가 바로 자신이 간절히 원하던 그 남자임을. 그녀는 미친 듯이 그를 사랑하기 시작했다. 어쩌면 그도 마찬가지 아니었을까? 하지만 그녀에 대한 사랑의 고백은 점점 뜸해졌다. 그녀의 몸 안으로 들어올 때 그의 열정에서 은밀한 고뇌가 감지되었다. 마치 그녀의 몸 속 깊은 데서 무언가 다른 것을 찾고 있는 듯했다. 그를 감싸고 있는 신비와 침묵은 종내 전염성을 띠게 되었다. 그리하여 어느 날 그가 자신은 이미 약혼자가 있노라는 사실을 느닷없이 털어놓았을 때에도 그녀는 흥분해서 울며불며 해명을 요구하는 대신에 말없이 고개만 떨어뜨렸다. 덕분에 그들의 관계는 나중에 세간에 드러나기 전까지 꽤 오랫동안 지속될 수 있었다. 그 즈음 그녀의 아버지가 후계자로 공식 지명을 받기로 되어 있었다. 두 사람의 관계가 주목을 받기 시작한 것도 그녀 아버지의 이력이 갑자기 새로운 별빛의 조명을 받게 되면서부터였다. 어머니는 딸이 저지른 일을 따져 묻지는 않았지만 어떤 불복종의 여지도 남겨두지 않은 채 단호하고도 냉정한 어조로 두 사람의 결별을 요구했다. "차기 프리어스로 네 아버지가 곧 지명될 예정이다. 아버지를 위한 일이니 명심하거라. 안 그러면 네 애인은 물론, 그의 일가친척 모두가 감금당하는 신세를 면치 못할 거야."

수잔나는 얼이 빠진 듯한 눈으로 어머니를 빤히 바라보았다. 자신을 그토록 행복하게 해준 남자를 감금한다고? "정신 나간 거 아녜요?" 그녀가 소리쳤다. "정신 나간 건 너야. 아무것도 이해하려 들지 않으니 말이야." 어머니는 이렇게 응수하며 심중의 말을 계속 쏟아부었다. "그 불한당을 사귀는 것으로도 모자라 감히 두둔하려 들다니!" "그 사람이 왜 불한당이에요?" 딸이 대들었다. 그는 불한당은커녕 자신을 여자로 만들어준 남자라고 하려다가 수잔나는 입을 다물었다. 어머니하고 아무리 논쟁을 벌여봤자 이 점에 관한 한 생각의 일치에 이를 수 없을 터였다.

사십팔 시간 후, 아버지가 그녀를 보자고 했다. 아버지의 사무실에 나 있는 커다란 창문이 바람에 쉴새없이 시달리며 덜컹댔다. 수잔나는 몸이 얼어붙는 것 같았다. 자신이 준비한 말 중에서 단 한마디도 꺼내지 못하리라는 것을 모르는 바 아니었다. 자신의 몸에 대해 아버지가 무얼 알 수 있단 말인가? 애무받기 간절히 원하는 젖가슴과 엉덩이를 아버지에게 어떻게 설명하지? 쾌락과 고통이 서로 뒤섞여 불타서 소멸되고 마는 음부에 대해서는 또 어떻게 설명하지? 사랑을 나눌 그 순간만 초조하게 기다리며 날짜와 시간과 분을 세던 자신이 사랑 없이 어떻게 살아가지? 자기 안의 모든 것을 흩뜨리고 밀랍처럼 녹이는 이 거룩한 소멸에도 불구하고 어떻게 육체가 여전히 형체를 유지하는지 여전히 의문인데 말이다. 아버지와 그 동지들의 삶에는 회의나 깃발, 송가, 국립 순교자 묘지 같은 다른 쾌락의 원천이 존재하지만…… 그녀가 자기 삶에서 가진 거라곤 그의 몸…… 지칠 줄 모르는 그의 몸밖에 없었다……

아버지는 말간 눈으로 그녀를 빤히 바라보았다. 한데 그의 차가운 시선이 이상하게도 이날은 견딜 만했다. 수잔나는 자기도 아버지처럼 무심하고도 초연한 눈을 하고 있음을 느꼈다.

아버지는 한참 동안 침묵을 지켰다. 이윽고 아버지가 입을 열자, 수잔나는 그의 목소리뿐 아니라 사용하는 단어와 어조까지 달라져 있음을 알아차렸다. 실제로 아버지는 '변화'를 말하고 있었다. 이제부터 아버지는 예전의 그가 아닐 터였다. 후계자로 지명된다는 게 무엇을 의미하는지 막상 되어보지 않고는 아무도 모를 일이니 이에 대해 긴 말은 않겠지만, 그래도 한 가지 사실만큼은 언질을 줄 작정이라 했다. 사람들은 그가 전에 없이 막강한 권력을 가지리라 생각한다는 것. 그것이 절반의 진실이었다. 그리고 또다른 절반을 이제 그는 딸에게 털어놓을 작정이었다. 오직 그녀에게만. 즉, 이제부터 그는 어느 때보다 강해질 테지만, 동시에 더 다치기 쉬운 존재가 되리라……

"네가 내 말을 이해할 수 있으면 좋겠구나."

수잔나는 고개를 숙인 채 아버지의 말에 귀를 기울였다. 그 순간 무언의 차가운 섬광 같은 것이 번개처럼 스치며 단 며칠, 몇 주 안에 그녀가 제 것으로 삼아야 할 것이 무엇인지를 분명히 파악할 수 있도록 해주었다. 더이상 눈물을 참을 수 없게 되자, 그녀는 눈길을 들고 고개를 끄덕여 동의를 표했다. 안개 속에서처럼 흐릿하게 보이는 아버지의 우뚝 선 모습을 뒤로한 채, 문 쪽으로 걸어가다 급기야 문턱께에서 울음을 터뜨리고 말았다. 자기 방으로 계단을 달려 올라갈 때에는 마룻바닥 위로 눈물이 뚝뚝 떨어지는 소리가 들리는 것 같았다.

그녀가 경험한 유일하고도 특별했던 모험은 이렇게 해서 막을 내렸다. 결별을 선언하기 위해 마지막으로 연인을 만난 자리에서 수잔나는 조심스런 태도를 유지하려고 애썼다. 그가 추방당할 수도 있다는 사실이나 어머니와 다투었다는 이야기는 하지

않았다. 하지만 사랑을 나눈 뒤, 쾌락의 여운에 젖어 있던 그녀
는 아버지의 출세를 위해 자신이 희생하기로 한 사실을 털어놓
았다. 그는 눈살을 찌푸린 채 귀를 기울이고 있었지만 언뜻 그녀
의 말을 잘 이해하지 못했다. 그러다 잠시 후 그녀가 이 문제를
다시 언급하자 무언가 깨달은 것 같았다. 그는 입을 다문 채 한
동안 말이 없었다. 그러더니 낮은 목소리로 중얼거렸다. 그녀의
말을 듣고 있으려니 이제는 쓸모없다고 여겼던 희생에 관한 옛
이야기가 떠오른다고.

이것이 두 사람이 나눈 마지막 대화였다.

"그렇게 된 거야……" 그녀가 자신의 과거를 고백하는 동안
약혼자는 그녀를 뚫어지게 바라보고 있었다. "나 때문에 화났
어?" 그녀는 남자의 목덜미를 어루만지며 물었다. "자기가 화낼
이유 없어. 이제는 다 옛날이야기니까……" 그런데 이상하게도
그는 기분이 상한 사람처럼 보이지 않았다. 그녀가 이야기하고
있을 때 그의 내면에서 분명히 어떤 변화가 일어난 것 같았다.
이야기의 어느 대목이 변화를 가져왔는지 그녀로서는 짐작할
수 없었지만 갑작스레 남자는 그녀의 귀에 입술을 갖다대며 수
잔나의 말을 가로막았다. "네 신비한 그 검은 곳을 다시 보여줄
래?……" 남자가 소곤거렸다.

그녀는 행복감에 달아올라 그를 향해 떨리는 손을 뻗었다. 그

녀의 다리 사이로 손을 갖다대는 순간 그녀가 나지막이 외쳤다. "내 사랑, 아, 내 사랑." 그녀의 절규는 숨죽인 흐느낌으로 변하더니 곧 경련으로 되살아났다. 남자가 몸을 일으킨 후에도 그녀의 눈은 그대로 반쯤 감겨 있었다. "넌 정말 예뻐!" 그가 속삭였다. 그녀는 눈을 그대로 감은 채 대답했다. "당신이 날 그렇게 만든 거야."

그녀는 여전히 가쁜 숨을 몰아쉬며 남자에게 키스를 퍼붓고 다정한 말을 쏟아부었다. "우리 다시 할 거지? 저녁에도, 낮에도, 새벽에도, 그렇게 할 거지?" "물론이야." 그는 대답하며 담배를 찾기 위해 손을 더듬었다.

2

나른해진 몸을 이불로 감싼 채 수잔나는 다시 잠을 청했다. 과거를 회상하며 이렇듯 녹초가 된 적은 한 번도 없었다. 뺨이 여전히 축축했다. 음부의 털도 젖어 있었다.

창밖으로 새벽이 밝아오고 있었다. 이 모든 혐오스러운 일들도 이제 막바지에 이른 듯싶었다. 부검, 흰 가운 차림의 검시관들, 부검 도구들 및 조처들은 머지않아 영향력을 행사하게 될 것이다. 가엾은 아빠, 그는 뒤늦게야 명예를 되찾게 될 것이다. 이제야 그의 영혼은 평화롭게 잠들 수 있을 테지. 그리고 어머니와 남동생, 그녀 또한 삶을 이어가게 될 것이다. 물론 아버지 없이, 아버지의 그 위험천만한 명성 없이, 이제 그들은 고개 숙여 껍질 속으로 들어갈 것이다. 그 안에서 약간의 온기라도 나눌 수 있기를 희망하면서.

이것은 그들이 메메야 고모에게서 들은 충고이기도 했다. 그녀는 그 비극적 사건이 있고 나서 비탄에 잠겨 있던 그들을 보러 왔던 유일한 사람이었다. "바싹들 붙어서 서로를 위로하거라." 고모는 말했었다.

메메야 고모는 먼 남쪽 마을에서 어느 날 아침 동트기 전, 마치 그녀를 위해 특별히 제작된 듯한 기차를 타고 왔다. 고모가 두르고 있는 검정 스카프에는 이 세상 어디에도 없을 것 같은 마을과 폴폴 날리는 눈송이와 싸라기눈이 점점이 박혀 있었다.

수잔나는 한참 전부터 문을 두드린 이 낯선 노파를 놀라움과 불안이 뒤섞인 표정으로 훔쳐보았다.

"난 메메야 고모다. 너희를 보러 왔어." 그녀는 목청을 돋우어 말했다.

수잔나는 계단 위를 올려다보며 소리쳤다.

"엄마, 메메야 고모가 오셨어요!"

긴긴 고립의 시기를 보낸 뒤, 마침내 누군가 찾아와 문을 두드린다는 사실에 어머니도 어쨌든 기뻐하리라 수잔나는 생각했다. 그러나 때로는 불면으로, 때로는 깊은 잠 때문에 부어오른 눈으로 어머니는 마치 생면부지의 사람을 보듯 고모를 아래위로 훑어보았다.

"날 잊었단 말이지. 그래, 섭섭해하진 않으마. 주님께서 날 데려가지 않으시길래 혼자 생각했지. 또 어떤 시련을 주시려고 날 살려두시는가 하고."

수잔나로서는 절반밖에 이해할 수 없는 옛 말투로 고모는 참견을 늘어놓았다. 대부분 '하지 말거라'로 끝나는 문장이었다. 아무한테도 문을 열어주지 말거라. 아무것도, 심지어 너희가 꾼 꿈까지도 마음에 담아두지 말거라. 누가 가엾은 너희 아버지에게 손을 댔는지 추측하려 들지 말거라. 한 손 뒤에 또다른 손이 숨어 있을 수 있지만, 그 다른 손 뒤에 숨은 건 어김없이 신의 손이니……

"애야, 네가 이 모든 일의 원인이라는 생각은 집어치우렴." 고모는 수잔나에게 말했다. 그리고 수잔나의 남동생을 향해 돌아서며 "너도 마찬가지야. 복수하겠다는 생각을 해서는 안 돼"라고 충고한 다음, 마지막으로 미망인인 수잔나의 어머니에게 당부했다. "누구보다 마음이 아플 자네야말로 더이상 이 일에 대해 생각하지 않도록 하게나. 일단 행해진 일은 되돌려놓을 수 없고, 한번 파손된 건 원상복구될 수 없는 법이야. 잊어버리게. 그러면 자네들도 잊힐 거야."

노파가 장광설을 늘어놓고 있는 사이, 수잔나의 어머니는 이따금 공포의 빛이 서린 얼빠진 눈으로 메메야 고모를 바라보았다.

수잔나의 머릿속에 불현듯 외딴 마을에 박혀 사는 먼 친지들에 대한 추억이 희미하게 떠올랐다. 이들은 회한처럼 솟구쳤다가 순식간에 스러져버렸다.

메메야 고모는 수잔나의 식구들에게 악감을 품지도 않았고 원망을 늘어놓지도 않았다. '하지 말거라'로 끝나는 당부들을 늘어놓으면서 분명 흡족해하는 것 같았다. 젊은 조카가 자신의 말에 귀 기울이는 것 같았을 뿐 아니라 식후 커피를 마신 뒤에는 단둘이서 이야기를 나누기 위해 그녀를 따로 불러냈기 때문이다.

"잊어버리게. 그러면 자네들도 잊힐 거야." 수잔나는 고모가 해준 이 충고를 되씹으며 혼자 중얼거렸다. 하지만 설령 꿈이라 해도 쉽게 잊힐 것 같지 않았다. 이제 그녀에게 삶의 절반은, 가장 견고한 부분은 아닐지라도, 꿈과 추억으로 이루어져 있으니까.

때는 아직 4월이었지만 그 접경에는 들뜬 5월이 신처럼 떠받들어지는 그 첫날을 앞세우고서 불가피한 입성을 서두르고 있었다.

행진하는 무리와 커다란 북, 플래카드, 작고 붉은 깃발들, 단조로운 팡파르 소리가 울려퍼지는 확성기…… 이런 것들로 넘쳐나는 하루가 인생에서 최악의 날이 될 줄은, 그녀는 예전에는 미처 생각지도 못한 일이었다. 지도자 동지의 초상화 바로 뒤편으로 전례 없이 많은 아버지의 초상화가 여기저기서 나부끼고 있었다.

연단에 자리한 수잔나는 파도처럼 밀어닥치는 끝없는 행렬의 무리에서 시선을 떼지 않고 있었다. 이따금 현기증이 그녀를 엄습해왔다. 소나무 거리의 아파트에서 어쩌면 지금도 자기를 기다리고 있을지 모르는 남자를 상상하자 가슴이 에는 것 같았다. 자신이 한 말 중 그는 지금 어떤 말을 되새기고 있을까? 여덟시 반까지 내가 거기 나타나지 않으면 우리는 다시 볼 수 없을 거야. 그래도 난 평생 당신을 사랑할 거야, 내게 삶이 두 번 주어진다 해도 난 두 번 다 당신을 사랑할 거야.

가끔씩 그녀는 중앙 연단 쪽을 훔쳐보았다. 프리여스 오른편에 선 아버지가 여기저기서 터지는 카메라 플래시 세례를 받으면서 군중을 향해 손을 흔들고 있었다. 잠시 뒤에 수잔나는 아무것도 변한 게 없음을 확인이라도 하듯 다시 조심스레 고개를 돌렸다. 하지만 모든 게 그대로였고, 아버지 역시 지도자 동지 옆에서 두 걸음쯤 나온 자리에 서 있는 것을 보고 그녀는 기뻐해야 할지 슬퍼해야 할지 알 수 없었다. 지친 머릿속에는 곧 흐트러진 꿈의 장면들이 눈앞에서 내달렸다. 아버지는 두 걸음 뒤로 물러났고, 그녀는 귀빈들 사이를 헤치고 나아가 아버지에게 말한다. 아버지, 결국 아버진 후계자로 지명되지 못하셨군요. 아버지는 날 기만하기 위해 그렇게 말씀하신 건가요? 그게 아니라면 제게 자유를 돌려주세요, 아버지. 다시 사랑하는 이에게로 돌아가 옷을 벗어던지고 그 사람 품에 안길 수 있도록.

축하연 역시 고역이었다. 풍성한 식탁, 더 큰 성공을 기원하는 건배…… 그러나 아버지는 그 누구를 향한 것도 아닌 초연한 미소를 머금은 채 아무 말도 듣고 있지 않는 것 같았다. 수잔나는 심신이 마비되는 듯한 기분에 빠져들었다. 대부분 서로 아무런 관련이 없는 토막 난 장면이나 문장들이 산만하게 그녀의 내면을 떠도는 것 같았다.

연회에 모인 귀빈들을 보자 제물을 바치는 제단이 머릿속에 선명하게 자리를 잡아갔다. 그녀는 희생물로 바쳐지기 위해 촛대로 둘러싸인 이 제단 위에 길게 누워야 할 터였다. 간혹 그녀의 눈이 어머니의 눈과 마주쳤다. 아버지, 이 모든 일이 아버지에게 조금이라도 도움이 되기를 바라요. 아버지의 얼굴을 바라보는 내내 그녀는 이런 생각을 했다. 아버지는 행복에 겨워 어리둥절해 있는 젊은 신랑의 얼굴을 하고 있었다. 그는 딸의 약혼자를 쫓아내고 악몽 같은 이 연회에서 자신이 그 역할을 대신 맡고 있었던 것이다.

그해 5월 1일 오후에 예상치 못한 비바람이 몰아쳤다. 수잔나는 방 안에 틀어박혀 하염없이 눈물만 흘렸다.

수잔나가 잠에서 깨어난 것도 같은 침대 위에서였다. 여전히 멍한 상태인 그녀는 도무지 날짜와 시간을 가늠할 수 없었다.

3

수잔나는 마침내 자리에서 몸을 일으켰다. 눈이 부어 있었다. 최근 아침에 일어나자마자 머릿속을 스치곤 하던, 예쁘게 보여서 뭐 하지? 하는 허망한 질문조차 이제는 떠오르지 않았다.

집 안에는 정적이 감돌았다. 몇 시간 전만 해도 손에 여러 가지 도구와 총기를 든 남자들이 이 방 저 방을 왔다갔다했다는 사실이 믿기지 않을 정도였다. 늘 그렇듯 남동생은 밖에 나가고 없었다. 어머니도 외출을 한 모양이었다. 이제까지 수십 번도 더 그러했듯, 수잔나는 아버지의 방문 앞으로 다가가 문 손잡이를 돌려보았다. 언제나 그렇듯 방문은 잠겨 있었다.

수잔나는 자신의 방으로 돌아와 거울 앞에 서서 머리카락을 한 번 쓸어올리고는 얼굴에 난 뾰루지를 살핀 뒤, 빗을 집어들었다. 그녀는 빗으로 머리를 곱게 빗는 여인의 정갈한 의식에 담긴 의미마저 잊어버린 사람처럼 보였다.

남동생의 침실 문은 빠끔히 열려 있었다. 열린 문틈으로 탁자 위에 이리저리 흩어져 있는 책더미가 보였다. 본인 외에는 아무도 들어갈 수 없는 이 방에 동생은 한참 동안이나 메메야 고모와 들어박혀 있었다.

수잔나는 그후 두 사람이 방에서 나와 다시 계단을 내려가 정원 쪽으로 나 있는 쪽문을 드나들며 집 안을 돌아다니는 것을 보았다. 동생은 길고 가느다란 팔을 고모의 어깨에 두른 채 그녀에게 몸을 기대고 있었다. 검은 옷 차림의 구부정한 고모의 모습은 동생의 내밀한 고뇌 자체인 듯싶었다.

메메야 고모는 오후가 되자 그들 곁을 떠났지만 그녀의 잔영과 목소리는 사방 벽에 그대로 배어 있는 듯했다. 남동생은 그들 가족사의 어두운 신비에 대한 호기심을 굳이 숨기려 들지 않았다. 가령 티라너 사람들이 한결같이 입을 모아 수군대는 이 가족에게 내린 저주. 이 저주 가운데 어느 부분이 집이나 가족과 관련되고, 또 어느 부분이 문 혹은 문턱의 배치와 관련되는지, 나아가 애초에 불행이 생겨난 정확한 지점을 그는 알고 싶어했다.

이 마지막 의문을 남매는 어떻게 받아들여야 할지 알 수 없었다. 저주가 정말로 존재한다면 집의 어디에 위치하는 것일까?

저 저택에 서려온 오래된 곳인가, 아니면 새로 신축된 곳인가?

이 문제를 두고 동생과 논의하는 내내 수잔나의 머릿속에서는 건축가의 얼굴이 지워지지 않았다. 저주는 집의 신축된 곳에서 비롯됐다고 수잔나는 거의 확신하고 있었다. 어릴 적부터 그녀가 들어온 바에 따르면 새 정권에 의해 몰수당하기 전까지 이 저택은 한 피아니스트의 소유였다. 그는 국왕의 결혼식에서 첫 왈츠를 연주하기도 했다. 그런데 설령 이 피아니스트의 손이 피로 더럽혀졌다 한들 그것이 수잔나의 가족과 무슨 관계가 있단 말인가.

남동생은 씁쓸한 미소를 지었다. 한 집의 주인이 바뀔 때 어른들이 주고받던 말의 의미를 그는 잘 이해할 수 없었다. 메메야 고모 역시 이 점에서는 모호한 태도를 취했다. "요즘은 옛날 같지 않아." 그녀는 한숨 섞인 목소리로 말했다. "옛날에는 운명이나 저주 같은 다른 관습을 따랐었지. 하지만 이제는 도무지 뭐가 뭔지 모를 새 풍습들이 넘치더구나. 회의니 총회니 사람들이 떠들어대던데…… 또 뭐가 있더라……?"

이 집의 신축된 곳에 관해 수잔나는 의견을 밝혔다. 그곳에서는 자신의 약혼식밖에는 치러진 것이 없는 데다, 그것도 벽의 회칠이 마르기도 전이니까 아직 이렇다 할 내력이 없지 않은가. 하지만 남동생은 동의할 수 없다는 듯 고개를 내저었다. 범죄도 사

117

람들과 함께 이사를 다니며 벽 사이 숨어 지낼 수 있는 장소를 찾아낸다는 게 그의 지론이었다. 그러므로 이 집의 벽들 사이에서는 범죄가 일어나지 않았더라도 다른 어딘가에서 그런 일이 있었을 거라는 소리였다. 예를 들어 지난 전쟁 동안 산악지대에서 저질러졌던, 해방 전쟁이라 불린 이 전쟁이 실제로는 내전에 가까웠다는 것이 많은 이들의 일치된 의견이었다. 말하자면 아주 더러운 난투였던 셈이다.

"아빠가 어떤 범죄라도 저질렀다고 생각하는 거야?" 수잔나는 울부짖다시피 물었다. 그는 이 질문을 못 들었거나, 아니면 못 들은 척했다.

그는 싸늘한 어조로 말을 이었다. "아주 오래전 취소되었던 어떤 결혼식이 이제 갑자기 자신의 몫을 요구하고 나선 거야. 새로운 약혼의 소문으로 인해 오랜 마비 상태에서 깨어났다고나 할까. 이른바 계급투쟁에 의해 파기된 약혼은 허다하니까!"

"미쳤구나!" 그녀가 맞받아쳤다. "못됐어. 제정신이 아니야."

자신은 못되지도, 정신이 나가지도 않았다고 그는 반박했다.

수잔나가 울먹이면서 자신과 자신의 약혼이 이 모든 사건의 원인인 양 취급되는 게 더이상 견딜 수 없노라고 항변하자 그는 팔로 누나를 감싸 안은 채 가만히 머릿결을 쓰다듬었다. 이윽고 그는 이제 그만 울음을 그치라고 다그쳤다.

"좀더 울게 내버려둬." 수잔나가 애원했다.

그 비극적인 사건이 있던 날 아침, 어머니가 아버지의 주검을 향해 "맙소사! 당신, 당에다 무슨 짓을 한 거죠?" 하고 온 집 안이 울리도록 소리쳤을 때 어머니의 이마 위로 흘러내리던 희끗희끗한 머리카락이 며칠이고 수잔나의 머릿속을 떠나지 않았다. 엄마는 그 무엇도 아닌 당을 위해 한탄하는 거라고, 남동생이 누나의 귀에 대고 속삭였다. 엄마 자신 때문도, 우리 때문도 아니었다고.

나중에 이 장면을 다시 떠올리면서 수잔나는 그들의 부모가 당과 맺고 있던 관계는 영원히 풀리지 않을 수수께끼 같다는 생각이 들었다. 그 연대감은 혈연보다 더 질겼고 혼인으로 맺어진 연분은 말할 것도 없었다.

"산악지대에서도……" 수잔나는 동생의 말을 그대로 받아 중얼거렸다. 그곳에서 분명히 끔찍한 일들이 저질러졌을 것이다. 이 기묘한 관계가 맺어진 장소 또한 거기였음이 틀림없다.

이 연대의식은 생겨난 지 얼마 되지 않아, 그 성격에 대해 아직 알려진 바가 별로 없는 것 같았다. 종교적 유대와도 달라서 이 연대의식은 혈통과 경합을 벌였다. 이 관계 역시 한 가지 점을 제외하면 피에 근거를 두고 있었기 때문이다. 그것은 유전학적 주장대로 천 년 전부터 변치 않고 이어져 내려온다는 몸속의 피가 아니라, 눈에 보이는 피를 의미했다. 즉, 그들이 '원칙'이라는 명분으로 흘리게 했던 타인의 피였다.

매번 대화가 이런 방향으로 흐를 때마다 수잔나는 남동생의 입에 손을 갖다대고 말했다. "제발, 이런 이야기는 그만 해. 머릿속에서 떨쳐버리란 말이야!" 하지만 이렇게 말하는 그녀 자신도 무의식중에 몸속의 피, 타인의 피⋯⋯를 자꾸 되뇌고 있었다.

그 순간 문이 삐걱대는 소리에 수잔나는 고개를 돌렸다. 남동생이었다.

"티라너에 온통 소문이 자자해." 그는 숨 가쁜 소리로 말했다. "아빠가 복권될 것 같아."

"잠깐, 무슨 말인지 차근차근 이야기해봐!"

두 사람은 이층의 작은 홀에 자리를 잡은 뒤 담배를 한 개비씩 꺼내 물었다.

"이제까지 고의적으로 부검을 실시하지 않은 거라고 모두들 수군대고 있어. 그 책임을 져야 할 사람들의 이름까지 거론되고 있는 판이지. 첫번째로 의심이 가는 인물은 아드리안 하소 베우야."

"좋은 소식이구나!" 수잔나는 이렇게 말하며 동생을 껴안았다.

이렇게 아침부터 그를 포옹하다가 블라우스 앞 단추가 또 끌러졌음을 그녀는 곧 깨달았다.

그는 담배를 또 한 개비 꺼내 물고는 마치 공기가 부족한 사람처럼 힘껏 빨아들였다. 동공이 정지해버린 듯 눈은 한 지점만을 응시하고 있었다.

"뭐가 잘못됐니?" 그녀가 부드러운 목소리로 물었다. "뭔가 말하려다 말고 갑자기 그렇게 혼자 깊은 생각에 잠겨버릴 게 뭐람."

그의 얼굴에 희미한 미소가 떠올랐다.

"아무것도 아니야…… 그저, 이제부턴 마음의 준비를 해야 한다는 말을 하고 싶었어."

"무슨 준비를 한다는 거지?"

"메메야 고모가 마지막으로 하신 충고 기억나? 마음의 준비를 단단히 해두라고, 할말을 생각해두라고 그러셨잖아."

"우리가 할말을 생각해두라고…… 그러니까 12월 13일 밤에 대한 이야기 말하는 거야? 하지만 우리가 알고 있는 건 이미 모두 말했잖아."

"그건 수사관들을 두고 한 말이 아니야."

"그럼 누굴 두고 한 말인데?"

그는 힘겹게 숨을 내쉬었다.

"아빠를 두고 한 말이야. 아빠가 너희 앞에 나타나면 무어라 말할지 생각해두거라, 이런 이야기를 하시려던 거였어."

"넌 정말 등골이 오싹해지는 말만 하는구나." 수잔나가 투덜댔다.

"누나가 겁이 날 게 뭐가 있어? 고모의 정신세계는 이천 년 전 사람들처럼 작동하는데. 그 당시 사람들에겐 고인과의 만남이 불가피한 거였어. 만남이 이루어지는 장소는 중요치 않아. 그건 꿈속일 수도, 저세상일 수도, 아니면 우리의 의식 속일 수도 있지……"

"난 아빠 꿈을 두 번이나 꾸었지만 아빠에게 말을 건넬 수는 없었어."

"언젠간 그럴 수 있을 거야. 누나, 엄마, 나, 우리 모두 아빠에게 드릴 말씀을 생각해둬야 해."

이 세상을 어둠의 왕국으로부터 분리시키는 황무지, 이 땅에 대해 그는 고대인의 상상력을 동원해 가능한 한 우울하지 않은 방식으로 묘사하려고 애썼다. 그의 설명에 따르면 기차역의 승강장이나 공항 대합실처럼 그곳에는 수천 명의 사자(死者)들이 무리를 이루어 생전에 자신이 가장 사랑한 이들의 도착을 기다리고 있다. 불가피하게 이별할 수밖에 없었던 이들을 힘껏 품에 안고 싶어 안달하며 초조하게 기다리는 부류가 있는가 하면, 원한에 찬 우울한 눈빛으로 자신의 상처를 드러내 보이며 설명을 요구하는 부류도 있다. 이들은 자신의 몸에 뚫린 구멍을 열어 보이면서 동시에 법전이나 복음서, 공식 선언문, 카눈, 부검에 대한 보고서, 옛 송가의 페이지를 넘긴다.

수잔나는 동생의 손등을 가볍게 어루만졌다.

"이제 그만 하렴. 고통은 이걸로 충분해. 이 땅에서 견뎌야 하는 고통만으로도 충분하지 않니?"

하지만 그는 고개를 저었다. 언젠가 그들은 아버지 앞에 출두해야 하며, 아버지에게 드릴 말씀을 미리 알고 있어야 할 터였다.

"누나가 제일 먼저야." 그가 수잔나를 향해 몸을 돌리며 말했다. "누난 우리 가운데 가장 죄 없고 순수한 마음을 가졌으니까! 그 누구보다 많이 짓밟혔고. 어떻게 아빠가 그런 짓을……"

"그만 해!" 그녀가 소리쳤다. "더이상 그 말은 하지 말자. 난 아빠를 용서했으니까."

"누나 말을 믿고 싶어." 그가 끼어들었다. "그럼 누나와 아버지의 상봉은 그리운 포옹으로 마무리될 수 있겠지. 말이야 한마디 오가지 않아도 괜찮아. 하지만 엄마의 입장은 다르지."

수잔나는 눈을 내리깐 채 그대로 있었다.

"아빠는 틀림없이 이렇게 물으실 거야. '여보, 석 달 전부터 눈을 붙이지 못하던 당신이 그날, 12월 13일 밤에는 어찌 그리도 깊은 잠에 빠질 수 있었는지 어디 설명 좀 들어봅시다.' 사실 나

자신도 엄마의 답변을 상상할 수 없어. 어떤 수면제를 핑계로 대실까? 엄마 자신을 변호하기 위해 어떤 처방전을 내세우실까?"

두 사람은 한참이나 말이 없었다. 마치 잠든 어머니를 깨울까봐 두렵기라도 한 듯, 그가 마침내 들릴락 말락 하는 음성으로 말했다.

"내 경우에는 설명이 더 어렵지."

수잔나는 얼이 빠진 듯한 눈을 치켜떴다.

"겁내지 마!" 그가 명령조로 말했다. "누나가 생각하는 것과는 별개의 문제니까. 내가 곤혹스러워하는 건 전혀 다른 이유 때문이야."

그는 이렇게 말하며 손톱을 물어뜯었다. 수잔나는 그가 하는 말의 의도를 좀처럼 짐작할 수 없었다. 동생이 어려운 상황에 처해 있는 것은 분명했다. 만약 아버지가 자신의 상처와 피 묻은 셔츠를 아들에게 직접 보여주었다면 어땠을까? 아마도 아들이 복수를 약속하기는커녕, 복수를 않겠노라고 선언한다는 것은 도무지 가능한 일처럼 보이지 않았다. '셔츠를 그렇게 흔들어대지 마세요. 제 아버지신데, 아빠가 하신 일을 두고 어떻게 비난할 수 있겠어요? 하지만 명심하세요. 아빠가 흘린 피에 대해 복수는 하지 않을 거예요.' 어떻게 감히 이런 말을 할 수 있겠는가 말이다.

'가엾은 것, 이런 끔찍한 일로 괴로움을 자초할 게 뭐람.' 수잔나는 혼자 생각했다. 설령 기회가 주어지더라도 아버지가 흘린 피에 대한 복수를 하지는 않겠노라고, 그는 창백한 낯으로 마치 혼잣말 하듯 변명을 늘어놓았다. 수잔나에게 앞서 설명한 대로 아버지의 피는 그가 흘리게 한 피와는 다르다는 주장이었다. 이 피는 상이한 방향으로 흐를 뿐 아니라 그가 속한 집단도 구별되어야 한다는 것이다. 어머니의 젖가슴도 다른 여느 젖가슴들과는 달랐다. 아버지와 어머니, 아버지의 피와 어머니의 젖은 전혀 다른 법칙의 지배를 받고 있었다. 의식을 치르거나 송가를 부를 때면 '당의 빛이시여!' 혹은 '어머니이신 당이여!' 라는 외침이 곳곳에서 터져나왔다. 머지않아 사람들은 '당의 젖, 당의 유방, 당의 성기'를 외쳐댈 테지. 요컨대 이렇게 해서 모든 것이 시작되었다. 최초의 소규모 공산집단의 남녀 투사들은 인간의 관습이 아닌 당의 원칙에 따라 자기들끼리 동침하거나 혹은 동침하지 않았다.

이야기를 늘어놓는 동안 남동생의 어조가 점점 격앙되어갔다. 수잔나는 동생을 진정시키려 했지만 끼어들 틈을 찾을 수 없었다.

그들로선 더이상 떠올리고 싶지 않은 그 모든 일이 이렇게 시작되었던 것이다. 그런데 앞서 말한 남녀들은 정권을 잡은 뒤 자식을 낳으면서 방향을 전환하게 되었다.

남동생은 쓸쓸한 미소를 지었다.

"그들이 우리를 낳았지. 하지만 여기서 자식이란 일시적 위상에 불과하다는 걸 알아야 해. 의무를 이행해야 할 순간이 닥칠 때 당이 요구한다면 그들은 한치의 망설임도 없이 우리를 짓밟을 테니까. 이미 누나를 짓밟았듯이 말이야. 당의 요청이 있었다면 나 역시 마찬가지였겠지."

"부탁이야. 제발 그만 해!"

수잔나는 간신히 그의 말을 저지할 수 있었다.

그러나 그는 냉랭한 어조로 다시 말을 이었다.

"내 말을 끝까지 들어봐. 내가 경솔하게 아무 말이나 하고 있는 건 아니니까. 우리 아버지가 바로 이 방에서 날 맞대놓고 위협했어. '넌 내 살이요 피다. 그렇지만 네가 어쩌다 당을 배반하는 일이 생긴다면 이 아비가 널 철창 속에 집어넣을 거야.' 아버지의 눈을 들여다보고 있으려니 그 말이 진짜라는 걸 알겠더군. 내 말을 이해하겠어? 지금부터 삼천 년 전에 신이 아브라함에게 아들을 바치라 했을 때 아브라함이 행한 대로 아버지도 하셨을 거야."

수잔나는 양손 안에 얼굴을 파묻었다. 이제 악몽에 익숙해진 그녀는 남동생의 웅얼거림이 소진하여 사라지기만을 기다렸다.

하지만 그는 아들이 아버지를 팔고 아버지가 아들을, 아내가 남편을 팔아넘기도록 부추기는 이 새로운 유전학적 현상을 쉴새없이 환기시켰다. 그 운명의 12월 13일 밤, 그들이 마치 가사 상태에 빠진 듯 잠들어 있을 때 일어난 일들에 대해 그들이 아무것도 이해할 수 없었던 연유도 그렇게 해서 설명이 되었다.

이윽고 수잔나는 몸을 일으켜 욕실로 가서 얼굴에 찬물을 끼얹었다. 이상한 일이었다. 최근 며칠 동안 동생이 들려준 끔찍한 이야기들이 그 순간 그녀가 아침나절에 꾸었던 악몽만큼이나 재빨리 머릿속에서 씻겨나갔다.

자신의 방으로 돌아온 수잔나는 한참을 거울 앞에 우두커니 서 있었다. 그리고 물기 어린 눈길로 화장 도구를 찬찬히 바라보았다. 오랫동안 사용하지 않은 립스틱은 말라 굳어버린 것 같았다. 수잔나는 립스틱에 입김을 불어 촉촉하게 녹인 다음 조심스레 입술에 발랐다. 그러자 묘한 느낌의 야릇한 색조가 살아났다. 순간 남동생이 곁에 있었더라면 이 모습을 보고 또 무슨 불길한 이야기를 꺼냈을지 알 수 없는 일이었다.

자, 그러지 말고 다른 걸 생각해봐…… 그녀는 이렇게 스스로를 타일렀다. 메메야 고모는 수상쩍은 노파야. 그래도 고모의 방문이 좋은 징조라면 고모가 다시 오셔도 환영이야. 그렇지 않다면 이 집에 발도 들여놓지 못하게 해야지!

정말이지 다른 걸 생각해봐야지, 수잔나는 또 한 번 자신을 다독거렸다. 어쩌면 다시 평범한 생활로 돌아갈 수 있을지 몰라. 남동생의 표현대로라면 과거의 유전학적 관습이라 부를 수 있는 그런 생활방식으로 말이야. 다른 사람들도 그녀 아버지의 뒤를 이어 하나씩 이 세상을 떠나겠지. 사람들의 말을 빌리면 이 세대는 어깨에 담요를 짊어지고 산에서 내려왔다는데, 신비의 후광으로 둘러싸인 이 세대도 다시 안개 속으로 사라질지 몰라.

제발, 이 사람들이 사라져버렸으면 좋겠어. 그래서 다시 살맛나는 세상이 되었으면! 저세상 황무지에서 그들이 오랫동안 고대하게 될 재회의 시간이 올 때까지 말이야.

수잔나는 이 황량한 공간에서 한 남자를 마주하고 서 있는 자신의 모습을 보았다. 멀리서 온 이 남자는 상처투성이 몸으로 그녀를 맞기 위해 그녀를 향해 걸어오고 있었다.

두 사람은 한참 동안 서로를 껴안고 있었지만 어색한 포옹이었다. 아버지는 그녀의 립스틱을 피하려 했고, 그녀는 아버지 셔츠에 묻은 핏자국을 피하려고 애썼다. 긴긴 부재의 시간을 보낸 뒤 아버지에게 무슨 말을 할 수 있을까?

말들이 입 밖으로 쏟아져나올 듯하더니 곧 종적도 없이 사라졌다.

그녀는 녹초가 된 기분이었다. 어쩌면 초봄의 현기증일 수도 있었다. 누적된 행복감으로 뼈가 나긋나긋해진 느낌이랄까.

발길이 저절로 침대로 옮겨졌다. 선잠에 빠져들기 직전 그녀는 마지막으로, 그것도 아주 무심결에, 죽음으로 건너가는 강둑에서 어쩌면 그녀가 아버지에게 할 수 있을 법한 말을 찾아내려고 했다. 아버지, 당신은 저를 불신하셨지요. 저 때문에 불행한 일을 당하셨고요.

하루의 상당 부분이 그렇게 침대와 거울 사이에서 흘러갔다.

전화기 옆을 지날 때마다 몇 번이고 그녀는 수화기를 들었다가 내려놓았다. 오랜 시일 끊겨 있던 전화선이 어쩌면 복구되었을지 모른다는 느낌에서였다.

어둠이 깔리고 있었다. 창밖에서 동생이 마치 홀린 사람처럼 정원을 서성대는 모습이 그녀의 눈에 들어왔다. 지금까지 겪은 것만으로는 모자랐던지 이 가엾은 청년은 온갖 의구심으로 여전히 스스로를 고문하고 있었다. 메메야 고모의 방문 이후 고문의 강도가 한층 더 높아진 것 같았다.

메메야 고모…… 수잔나의 머릿속에 메메야 고모의 모습이 느린 영상처럼 펼쳐졌다. 고모가 정말로……

그녀는 층계를 뛰어내려가 작은 철책이 있는 곳까지 내달아서는 동생이 가까이 다가오기를 기다렸다. 마음속에 움트는 의구심을 동생에게 털어놓기 위해서였다. 그는 차분히 누나의 말을 들은 다음, '무슨 말도 안 되는 소리야!' 혹은 '날 미친 놈 취급하는군. 그런 누나는 어떻고……'라고 응수하는 대신 나지막한 목소리로 고백했다. 자기도 똑같은 의심을 했노라고. 하지만 누나를 놀라게 하지 않으려고 말을 삼갔노라고.

"그렇더라도 뭐 그리 놀랄 일은 아니잖아?"

수잔나는 짐짓 무심한 어조로 동생의 말을 되받았지만 어쩔 수 없이 목소리가 기어들어가는 것을 느꼈다. 자칭 고모라는 노파가 그들의 집 문을 두드렸다는 것은 아주 불길한 징조였다. 그것은 얼마든지 일어날 법한 일이었지만…… 더욱이 현재 그들이 처해 있는 상황을 고려한다면……

"물론 그래. 있을 수 있는 일이야." 동생이 중얼거렸다. 하지만 그의 의심은 차원이 달랐다. 그는 몇 년 전 누군가의 부고를 담은 전보가 식구들의 주의를 끌지 못한 채 집 안에 굴러다니던 것을 또렷이 기억하고 있었다. 당시 소련이 체코슬로바키아를 공격한 사건이 터진 뒤라서 그들 부모는 끝없이 이어지는 지루한 회합에 참석하며 온종일을 보냈고, 아무도 전보 따위에 관심을 두지 않았다. 글을 배운 지 얼마 안 되는 그에게는 희미한 기억만 남아 있었다. 부고가 담긴 전보를 직접 개봉해보기는 난생처음이었다. 얼마 전 메메야 고모가 그들 앞에 나타났을 때, 예전에 그가 보았던 전보 가장자리의 검은 띠가 문득 머릿속에 떠올랐다. 그의 기억에, 그 전보에는 고모의 죽음을 알리는 짤막한 내용이 담겨 있었던 것이다.

수잔나는 도저히 다리를 지탱하고 서 있을 수가 없었다.

"그럼 죽은 사람이 우리 집 문을 두드렸다는 말이야? 넌 내가 무서워 까무러쳤으면 좋겠지? 대답해봐. 정말 그러고 싶은 거야?"

"겁쟁이!" 그가 되받았다. "그깟 죽은 사람 하나가 그렇게 무섭단 말이야? 누난 자신을 무어라 생각해? 누나 생각에 우린 뭐지? 우린 이미 반쯤 죽은 사람들 아닌가? 평범한 인간들을 놀라게 하는 유령, 우리가 그런 유령 아닌가 말이야!"

"그만 해. 제발, 그렇게 말하지 마!" 수잔나가 애원했다. "오늘 아침만 해도 넌 희망에 부풀어 있었잖아. 나처럼 말이야. 그런데 대체 너한테 무슨 일이 일어난 거야?"

그는 누나에게 용서를 구했다. 동생에게 달라진 구석은 없었다. 또 무슨 나쁜 소식을 접한 것도 아니었다. 단지 신경이 예민해졌을 따름이었다.

누나의 머리카락을 쓰다듬으며 그는 다시 희망과 위로의 말을 건넸다. 그 모든 징조들이 예전처럼 바람직한 쪽으로 해석되었고 메메야 고모의 출현조차 전혀 흉조로 여겨지지 않았다. 그녀는 노파로 변장한 시구리미의 장교이거나 어떤 마을 묘지에서 빠져나온 그림자일 수도 있지만, 그 어느 쪽이든 아무것도 없는 것보다는 나았다. 누구 한 사람 노크하는 일 없이 마치 비석으로 변해버린 듯한 문이 전하는 무덤 같은 정적보다는 나았다.

마음이 진정된 수잔나는 한마디도 덧붙이지 않고 다시 집 안으로 들어갔다. 복도에 들어서는 순간, 어머니의 침실 문이 도로 천천히 닫히고 있는 소리를 들었다. 최근 들어 오누이가 둘만의 대화에 깊이 빠져 있는 모습을 볼 때마다 어머니의 얼굴에 근심스런 표정이 떠올랐던 게 생각났다.

수잔나는 자정을 알리는 괘종시계 소리에 잠을 깼다. 최근 들어 붙인 습관대로 그녀는 집 안을 한 바퀴 둘러보기 위해 자리에서 일어났다. 창밖에 얼음처럼 창백한 달이 떠올라 있었다. 일층 홀의 문이 빠끔히 열려 있는 것 같아 그녀는 깜짝 놀랐다. 수잔나는 문 쪽으로 발길을 재촉했다. 실제로 문은 열려 있었다. 아침에 수사관들이 그렇게 두고 간 모양이었다. 지난 12월 이후로 그들이 문 닫는 것을 잊고 가버리기는 처음 있는 일이었다. 어쩌면 우연한 실수가 아니라 달라진 주변 분위기를 반영하는 것일 수도 있었다.

수잔나는 불을 켜려고 스위치에 손을 갖다댔다가 곧 치워버렸다. 밖에서 경호원들이 분명히 그녀의 동작 하나하나를 지켜볼 거라는 생각이 들었기 때문이다. 게다가 불을 켜야 할 필요도 없었다. 달빛 가득한 홀 안은 마치 안개에 휩싸인 듯한 인상을 주었다. 그녀의 눈에 갑자기 눈물이 고였다. 이 방은 상상 속에서 그러했던 것처럼 비현실적으로 느껴졌다. 문득 약혼식 날의 장면이 파편이 되어 견딜 수 없을 만큼 또렷이 머릿속에 박혀왔다. 그녀의 약혼자는 대리석 벽난로 곁에서 두 친구와 함께 샴페인을 홀짝이고 있었다. 좀더 멀리 떨어진 곳에는 검은 양복 차림을 한 아버지의 뒷모습이 보였다. 그런가 하면 붉은 꽃다발을 손에 든 사람이 등장하자 쾌활한 작은 무리가 그의 뒤를 따랐다. 여기저기서 플래시가 터졌다. 어떤 목소리가 "그런데 수잔나는 어디 있지?" 하고 물었다. 감격에 겨워 눈물을 흘리는 건축가의 눈이 다시 보였다. 그러더니 갑작스레 사람들의 표정이 굳어지면서 누군가 속삭였다. "프리여스다! 그가 도착했어!" 지도자 동지가 들어서자 사람들은 꼼짝도 하지 않았다. 침묵이 무겁게 짓누를수록 한층 광채를 발하는 유리처럼 사람들은 딱딱하게 굳어버렸다.

"그는 거의 장님이나 다름없다고 내가 말했잖아." 동생에게서 들은 이 비밀을 머릿속에서 떨쳐내려는 듯 수잔나는 고개를 옆으로 돌렸다.

지도자 동지는 자신이 장님임을 감추려 애썼지만 그의 동작 하나하나에서 이 사실이 드러났다. 심지어 그는 목소리까지 그

영향을 받은 것 같았다. "다복다산(多福多産)하기를 기원하오!" 지도자 동지는 저음의 소리로 이렇게 축원하며 두 젊은이를 눈길로 좇았다. 흐리고 모호한 시선과 날카롭게 꿰뚫는 듯한 시선, 이 둘 가운데 어느 것이 더 견디기 쉬울지 결정짓지 못한 채 수잔나는 꼼짝 않고 그대로 서 있었다.

지도자 동지는 떠나기 전 다시 한번 아버지와 포옹을 나누었다. 두 사람이 도무지 떨어질 줄 모르는 것을 보면 심중에서 우러나는 깊은 대화를 나누고 있음이 분명했다. 그들은 어디선가 불어오는 바람에 흔들리는 갈대처럼 보일 듯 말 듯 흔들리고 있다는 느낌을 주었다. 마침내 두 사람이 서로에게서 몸을 떼어놓는 순간, 장님과 다름없는 지도자 동지의 눈에 눈물이 맺히는 것을 수잔나는 놓치지 않았다. 그 수많은 다양한 눈에서 어떻게 똑같은 눈물이 분비될까, 그녀가 골똘히 생각에 잠겨 있는 동안 갑자기 "집 안을 한 바퀴 돌아보시겠어요?" 하고 묻는 어머니의 새된 음성이 들렸다.

지도자 동지는 인접한 홀 쪽으로 천천히 걸어갔고, 그 뒤로도 수잔나는 이 광경을 떠올리기만 하면 어김없이 불편한 감정에 휩싸이곤 했다.

이제 그녀가 그때와 같은 길로 걸어가고 있었다. 우윳빛 달빛에 흠뻑 젖은 홀은 마법에 걸린 듯한 인상을 주었다. 이 집에서 가장 아름다운 방이라고, 최근에 그들을 방문한 친지들은 입을 모아 말하곤 했다. 그녀의 약혼식이 있기 전날, 남동생은 문턱에 서서 말없이 홀 안을 바라보고 있었다. "근사한 방이라고 생각되지 않아?" 하는 수잔나의 물음에 그는 "정말 그렇군. 어쩌면 필요 이상으로……"라는 말로 응수했다.

무언가에 떠밀린 듯 수잔나는 집 안을 둘러보는 작은 무리의 사람들과 서둘러 보조를 맞추었다. 지도자 동지의 불규칙적인 발걸음은 그가 입은 지나치게 긴 검정 외투 자락 속에서 소리가 희미해져갔다. 수잔나는 어머니가 면도날처럼 날카롭고 높은 음성으로 사람들에게 들려주는 설명을 듣고 있었다. "여기가 두번째 홀이에요. 이 집에서 제일 아름다운 방이라는 데 아무도 이의가 없지요." 엄마, 왜 이러시는 거예요? 수잔나는 혼잣말로 중얼거렸다. 순간 그녀의 눈이 건축가의 눈과 마주쳤다. 뜨겁게 달구어진 두 덩이 석탄 같은 눈이었다. 검은색이 불꽃보다 더 활활 타오르는 시선을 만들어낼 수 있다는 사실이 수잔나에게는 놀랍게만 여겨졌다. 칭찬받고자 하는 욕구와 비난에 대한 두려움의 작용으로 그의 눈길은 생기와 불안의 표정을 번갈아 드러내곤 했지만, 두 감정이 뒤섞여 그 경계가 뚜렷하지 않은 무언가를 또한 그 눈길에서 읽을 수 있었다.

언제나 그렇듯 어머니의 가느다란 고음의 목소리가 이상하게도 주위의 시끌벅적한 소음을 뚫고 그녀의 귓전에 와 닿았다. 홀의 전등들은 알바니아에서는 최초로 특수 시스템에 의해 켜지고 꺼진다고 어머니는 설명했다. 엄마, 그러지 마세요! 수잔나는 다시 몸을 떨었다. 그런데 지도자 동지는 이 집 안주인의 손이 가리키는 스위치 앞에서 걸음을 멈추었다. 지금껏 그의 불확실한 발걸음을 숨겨주었던 검정 외투가 더듬거리는 그의 팔까지 감추지는 못했다. 벽 쪽으로 바짝 다가선 그는 장님 특유의 몸놀림으로 더듬더듬 스위치를 찾았다. 갑자기 주변에 정적이 내려앉았다. 마침내 손이 스위치를 작동시키고 홀이 더 환해지자 그는 크게 웃음을 터뜨렸다. 그리고 광도가 점점 높아져 최대치가 되자 그에게서 하하하, 다시 웃음소리가 터져나왔다. 마음에 꼭 드는 장난감을 찾아내기라도 한 것 같았다. 거기 모인 다른 사람들도 그를 따라 모두 요란하게 웃어댔고 그가 반대 방향으로 스위치를 돌리기 시작할 때까지 놀이는 계속되었다. 광도가 점차 약해짐에 따라 모든 것이 조금씩 생기를 잃고 얼어붙는 듯하더니, 이윽고 홀 안의 수많은 전등이 모두 꺼졌다.

그후 거기 모인 사람들을 즐겁게 해주었던 이 소등의 장면이 떠오를 때마다 수잔나는 불안에 사로잡혔다. 바로 이 순간을 기점으로 사태가 역류하기 시작했다는 느낌이 들었다.

다시 피로가 몰려오는 것을 느끼며, 수잔나는 조용히 홀을 빠져나왔다. 이 불안한 감정도 이제 막바지에 이른 것 같았다. 내면의 동요가 극에 달했다면 머지않아 사그라들 수밖에 없을 테니까. 그토록 오랫동안 폐쇄되었던 홀들의 문이 마침내 열리게된 것도 이같은 결말을 확인해주는 여러 표징 가운데 하나였다.

** 제4장 **

전략

1

수잔나는 자신이 다시 꿈을 꾸고 있음을 의식했다. 입구의 문은 나직했고, 옅은 잠이 든 듯 평화로워 보이는 담쟁이덩굴이 상인방(上引枋)을 휘감고 있었다. 왜 자기가 그곳에 있는지 그녀는 얼른 이해할 수 없었다. 쇠로 된 문고리를 향해 손을 뻗자, 미처 고리를 잡기도 전에 거기서 소리가 나는 것 같았다. "저런!" 마음속에서 탄성이 터져나왔다. 크게 놀라거나 하지는 않았지만, 대신 두려움이 몰려왔다.

그녀는 한 걸음 앞으로 나아갔다. 소리는 멈추지 않고 점점 더 크게 울려퍼졌다. 소리는 이제 집의 내부에서 들려왔다. 때로는 멀리서, 때로는 가까이에서. "악마가 쓴 문이야!" 수잔나는 소리를 지르며 잠에서 깨어났다. 이 주 전에 꾼 꿈과 거의 동일한 꿈이었다. 한데 이번에는 눈을 뜬 다음에도 꿈속에서보다 더 세찬 소리가 계속 들려오고 있었다……

왜 저렇게 문을 두드린다지? 그녀는 불안한 마음을 가누지 못했다. 그들은 열쇠를 갖고 있으니까 언제라도 마음대로 드나들 수 있을 텐데.

늘 그랬듯이 마음만 먹으면 아무 때고 들어올 수 있는 사람들이었다. 수잔나는 베개를 지붕처럼 얼굴 위에 덮으면서, 어쩌면 다시 잠들 수 있을지 모르겠다고 생각했다. 문 두드리는 소리는 이제 들리지 않았다. 대신 계단을 오르내리는 소리가 들려왔다. 어머니의 목소리가 끼어드는가 싶자 수잔나는 베개를 치웠다. 틀림없이 어머니의 목소리였다. 어머니는 말을 한다기보다 악을 써대고 있었다.

수잔나는 벌떡 일어나 침대에서 빠져나왔다. 그러나 방문 앞에 채 닿기도 전에 문이 벌컥 열리더니 어머니가 들어왔다. 어머니의 절규는 입에서 나온다기보다 오래전부터 색이 바랜 헝클어진 머리카락에서 흘러나오는 것 같았다. "그만 자고 일어나거라. 저들이 우리를 쫓아내려 하는구나! 어서 일어나거라, 불쌍한 것!"

반쯤 벗은 차림새의 수잔나는 얼 빠진 표정으로 간신히 이 말의 의미를 이해했다. 지금부터 두 시간 이내로 그녀의 가족은 이 집을 비워야 한다는 것. 그들을 다른 곳으로 데려갈 트럭 한 대가 집 밖에서 대기중이었다. 남동생은 이미 책을 한 아름 안고서 서둘러 층계를 내려오고 있었다.

수잔나는 의지대로 움직이지 않는 손을 제대로 가누게 될 때까지 자기 방에 잠시 그대로 머물러 있었다. 그러다가 문제는 손이 아니라는 사실을 문득 깨달았다. 그녀의 손을 이런저런 방향으로 작동시키는 것은 다름아닌 뇌였다. 그녀를 둘러싼 수많은 물건들 중 아무것도 가져갈 필요가 없다는 판단과 반대로 모두 가져가야 한다는 판단이 번갈아 들었다.

트럭이 집 밖에서 차 꽁무니를 대문에 바싹 붙인 채 기다리고 있었다. 우선 겨울옷들을 한 아름 싸들고 트럭을 향해 가던 수잔나는 LU-14 17이라고 쓰인 번호판에 저도 모르게 눈길이 갔다. 루시냐에서 온 차라는 생각이 무의식적으로 뇌리를 스쳤다. 유형지로 널리 알려진, 알바니아 중부의 한 지명이었다.

다시 층계를 오르다가 수잔나는 가구를 아래층으로 옮기는 두 명의 군인과 마주쳤다. 어머니도 이층 복도에서 나름대로 바삐 움직이고 있었다. 남동생은 아무한테도 눈길을 주지 않고서 다시 층계를 내려왔다. 이번에는 책 외에도 큰 꾸러미가 손에 들려 있었다. 녹음기, 아니면 타자기인지도 몰랐다.

수잔나는 빠끔히 열린 속옷 서랍들 앞에서 망연자실하여 서 있었다. 그녀는 느린 손놀림으로 면내의와 어머니가 외국에서 가져다준 생리대를 꺼냈다. 가방을 싸면서 이것들로 얼마나 오래 버틸 수 있을지 따져보았다. 석 달, 아니면 넉 달은 갈 수 있을 것 같았다.

복도에서 또다시 어머니의 목소리가 들렸다. 어머니는 동생에게 이야기하고 있었다. 책을 두고 하는 말이 분명했다.

실크 속옷들이 정리되어 있는 서랍 앞에서 수잔나는 다시 마음이 착잡해졌다. 앞으로 내민 손이 곧 움츠러들었다. 속옷들은 모두 모양과 색깔이 달랐지만 그녀의 머릿속에서는 두 종류로 분리되었다. 우선 '그'와 연관된 '넘버원' 속옷들, 그리고 그보다 수가 적은 나머지는 젠치와 관련된 것들이었다.

그녀는 하늘색 팬티를 집어들었다. 처음으로 남자를 알게 된 날 입었던 팬티였다. "난 고급스러운 여자가 좋아." 그가 이 잊을 수 없는 말을 한 것도 다름아닌 이 팬티 때문이었을 것이다. 수잔나는 팬티를 내려놓았다가 다른 속옷들과 함께 다시 집어들었다. 그러나 결국 마음의 동요를 이기지 못하고 도로 놓아버렸다. 모든 것이 무조건적이고 견딜 수 없는 한 가지 핵으로 집중되는 것 같았다. 수년 동안 그 양상은 달랐어도 그녀는 늘 똑같은 한 가지 사항을 강요받고 있었다. 사랑을 포기하라는 것. 그리고 승리자는 항상 '그들'이었다! '안 돼!' 하마터면 그녀는 소리를 지를 뻔했다. 약탈자처럼 거친 손놀림으로 그녀는 거기 있는 모든 것을 쓸어모았다.

등뒤에서 문이 열리면서 어머니의 목소리가 들렸다. "애야, 어서 서두르거라!"

늘 저들이 승리했어. 계단을 내려가면서 수잔나는 같은 생각을 되풀이했다. 도살장에 끌려가는 어린양처럼 안간힘으로 자신을 보호하려고 저항했지만 결국 굴복하고 말았다. '그만하면 됐어!' 그녀는 마음속으로 울부짖었다. 자신의 희생쯤은 아무짝에도 쓸모가 없었던 것이다. 거기에 눈길조차 주는 사람이 없었다. 그녀의 첫번째 남자를 제외하고는…… 그 남자에게 예정되어 있던 운명이 이제는 그녀의 몫이 되었다.

수잔나는 눈물이 뺨을 타고 흐르는 것을 느꼈다. 집안일로 손끝이 더러워진 여인의 눈물처럼 짠맛의 차가운 눈물이 하염없이 흘러내렸다. 그것은 시골 농장의 인부가 바지 단추를 다시 채우는 동안 덤불 뒤에서, 혹은 운하를 따라 걸으면서 흘릴지도 모를 그런 눈물이었다.

"서둘러! 눈물은 나중에 얼마든지 흘릴 수 있을 테니까." 어머니가 손에 초상화 한 점을 들고서 트럭 쪽으로 걸어가며 다시 다그쳤다.

이런 종류의 일에는 별로 익숙하지 않은 군인들이 가까스로

가구를 트럭에 싣고 있었다. 높다란 거울들이 세차게 흔들릴 때마다 매번 그들의 모습을 비스듬히 비추었다. 분명 옛 주인들이 추방되는 것을 여러 번 목격했을 이 거울들은 수년 전부터 이 가족의 차례를 기다려왔는지도 모른다.

"조심하세요, 군인 양반!" 어머니는 아까보다 훨씬 가늘어진 목소리로 지시했다. "너무 흔들리지 않게 마분지로 밑을 고정시켜요!"

'바보같이!' 수잔나는 혼자 생각했다. 어머니는 트럭 주위를 바삐 맴돌면서도 양손에 꼭 쥔 대형 초상화를 놓치지 않았다. 순간, 그것이 다름 아닌 지도자 동지의 초상화임을 그녀는 알아보았다. "미쳤어!" 그녀는 혼잣말로 중얼거렸다.

동생이 물건을 한 아름 싸들고 그녀의 뒤를 따라왔다. 더는 빈자리가 없노라고 한 군인이 말했다. 짐 싣는 모습을 지켜보던 평복 차림의 두 남자와 트럭 운전수는 가끔씩 손목시계를 들여다보며 시간을 확인했다. 경찰관들은 멀찌감치 떨어진 곳에 있었고, 건너편 보도에는 한 무리의 사람들이 무슨 신기한 구경이라도 난 듯 모여 서 있었다.

"됐습니다. 이제 올라들 오세요." 운전수가 차량을 가리키며 외쳤다. 그리고 군인들을 향해 "저분들께 자리를 좀 내주시오" 하고 말했다.

동생이 긴 다리를 들어 먼저 트럭에 올라탔다. 수잔나는 다리가 후들거리는 것을 느꼈다. "어머님이 올라가시게 누가 좀 도와주세요"라고 누군가 소리쳤다. 어머니는 얼이 빠진 듯한 눈으로 여전히 초상화를 놓지 않은 채 거기 모인 사람들을 하나하나 둘러보았다. 아들이 트럭 아래로 뛰어내려 좀 무례하다 싶을 만큼 거칠게 초상화를 낚아챈 다음 트럭 안으로 어머니를 밀어올렸다. 수잔나는 손바닥으로 두 눈을 가렸다.

자동차 엔진의 규칙적인 진동과 부르릉 하는 소리가 갑자기 그들을 에워싸자 그때까지 조용하던 어머니와 딸이 울음을 터뜨렸다. 아들은 그들이 누군지 모르겠다는 듯, 두 사람을 뚫어지게 바라보고만 있었다.

2

알바니아 수도의 숱한 카페들에서 이 사건이 회자되는 동안 트럭은 여전히 중앙 알바니아 고지를 달리고 있었다.

이 사건이 사람들에게 준 충격은 매우 특별해 보였다. 이 충격은 앞으로 닥칠 사건들에 대한 전조처럼 보였지만, 사람들은 곧 그것이 긴 혼란의 최종 결말에 불과하다는 것을 깨닫게 되었다. 경악의 짧은 시간이 지나자 사람들은 잊어버렸던 감정을 되찾았다. 처음에는 모호하기만 하던 이 감정은 그것을 둘러싼 안개에도 불구하고 점점 또렷해지기 시작하더니, 피로와 무기력과 마비 상태처럼 보이는 외피 아래에서 실은 안도감이 살며시 모습을 드러낸 것임이 분명했다. 다른 상황에서라면 공포를 야기했을 '음모'라는 말이 이번에는 희소식처럼 그들의 귀에 와 닿았다. 사람들은 이 단어를 되풀이해 입에 담으면서 지금껏 이 말을 할 수 없어 지난 겨우내 얼마나 지쳐 있었는지 헤아릴 수 있었다.

사람들의 말을 빌리자면 음모와 결탁이 있었고, 하지만 거기에 가담하지 않은 자라면 두려워할 필요가 전혀 없었다.

어느 정도 너그러움이 가미된 몇 차례의 추방으로 온화하게 시작된 체계적인 조사가 어떻게 종결되었는지 누구나 알고 있었다. 문화의 영역에서 싹튼 자유사상들, 외국 문물의 영향, 새로운 예술 사조를 대상으로…… 이 모두는 국립극장에서 열린 회합에서 시작해, 티라너 외곽 공터에서 집행된 총살형으로 마무리되었다.

그런데 이번에는 이 사건이 음모였다는 것이 공공연히 발표되었다. 다시 말해 지도자 동지를 타도하기 위해 후계자가 쿠데타를 일으키려고 했다는 것이다. 그렇다면 후계자의 음모에 가담한 추종자와 지지자, 암호와 무기, 첩자와 중계자가 있었다는 뜻이다. 후계자의 입에서 자살을 비웃는 발언이 종종 나왔다는 사실을 염두에 두면 그가 아무런 이유 없이 자살을 하지는 않았을 것이다. 그리고 보면 이 '음모'라는 낱말에는, 모자 속에 말벌을 넣고 다니는 사람이야 그렇지 않겠지만, 사람의 마음을 진정시키는 온갖 요소가 다 들어 있었다. 죄인과 무구한 자의 집단을 단칼에 자르듯 구분하는 것이 이 낱말이었다. 예전에는 그 누구도 무엇에 대해 확신을 갖기 어려웠다. 눈처럼 순결하다고 믿었던 나 자신이 자기도 모르는 사이에 외국 문물의 영향을 받았거나 자유주의 사상에 물들어 있음을 확인하게 되는 것이다. 사상을 이렇게 말하는 데에는 그럴 만한 이유가 있다. 이 교활한 사상은 아무 데서나 나를 침범할 수 있으니까. 하지만 그렇다고 해서 내가 괴롭힘을 당해야 할 이유는 없다. 예를 들어 누구도 당신이 당신 아내와 적절치 못한, 흔히 말하는 퇴폐적 방식으로 잠자리를 했다고 비난할 수는 없다. 그것을 국가에 대항하는 음모라고 부를 수 있을까? 아, 말도 안 되는 소리일랑은 제발 집어치우자. '퇴폐적 행동'이라 불릴 때에는 그럴 만한 이유가 있게 마련이어서 평판이 좋을 리 없다. 심지어 이 말은 아주 불온한 어감을 담고 있어서 공산당원에게는, 특히 공산당 간부에게는 어울리지 않는다. 그러나 카이사르의 것은 카이사르에게 돌려주어야 하듯이, 절대로 그런 일을 음모로 엮어넣을 수는 없다!

어둠이 깃들면서 수도에 도달한 최근 소식은 낮에 돌았던 소문에 더 큰 신빙성을 부여했다. 오후 늦게 후계자의 묘가 파헤쳐지고 그의 유해는 관의 널빤지 및 주변 흙과 뒤섞여 비닐 방수포로 아무렇게나 감싸인 채 미지의 장소로 옮겨졌다는 것이다.

이런 일들이 회자되는 방식으로 보아, 무언가가 주민들의 화법에 영향을 미친 것이 분명했다. 그들은 마치 혀가 굳은 듯 이 야기의 골자만을 전달했고, 그리하여 이야기는 이상하게도 훨씬 더 명료해졌다. 후계자의 유해를 옮기는 데 사용된 흙 묻은 방수 포는 사람들의 머릿속에 옛 무훈시의 기억을 떠오르게 했다. 이 무훈시는 비록 중세 신비주의의 잔재를 근절하기 위한 캠페인의 결과로 교과 과정에서 그 일부가 삭제되었지만 말이다.

이틀 뒤 지도자 동지의 연설을 듣기 위해 수도의 열네 개 홀에 공산주의자들이 다시 모였을 때에는 마지막 겨울바람이 알프스 산으로부터 잊힌 광경들을 싣고 내려온 듯했다…… 옐로 밸리에 있는 열네 개 탑의 사방 벽 안에 유트비나*의 영주 열네 명이 모여 있다네……

사람들은 초대장에 적힌 글을 읽고 지난번과 똑같은 전율을 느꼈다. 또 먼젓번과 똑같은 녹음기가 작은 탁자 위에 꽃병과 함 께 놓여 있었다. 지도자 동지의 목소리는 거의 무심하게 들릴 만 큼 지쳐 있었지만 소리를 칠 때보다 오히려 더 큰 효과를 발휘해 위협적인 느낌을 전달했었다. 그는 자신의 죽음이 멀지 않았다 는 사실을 더는 감추려 하지 않았다. 얼마 남지 않은 시간을 불 필요한 말들로 낭비할 수는 없는 노릇이었다.

---

* Jutbina. 크로아티아의 도시. 알바니아 신화 〈무이와 할릴리〉에 나오는 로자파 성의 전설.

요컨대 사건의 진실은 '음모'였다. 알바니아 역사를 통틀어 가장 큰 음모였다. 또 가장 가증스런 음모이기도 했다. 이 음모의 주동자인 후계자는 자신의 외국 지지자들로부터 압력을 받고 절망적 행동을 취할 수밖에 없는 상황에 내몰렸다. 그것은 바로 자기 딸의 희생이었다. 그는 계급투쟁의 포기와 노선 변경을 암시하기 위한 방법을 달리 찾지 못한 채 마지못해 이 방법을 택할 수밖에 없었다. 즉, 적대 계급의 손에 딸을 넘김으로써 자신이 지향하는 바를 모두에게 알리고자 한 것이다.

홀에 모여 지도자 동지의 설명에 귀 기울이고 있던 사람들의 눈이 공포로 흐려졌다. 실제로 알바니아 역사에는 국가 이익을 위해 딸을 희생시킨 집안의 사례들이 넘쳐났다. 그 유명한 켈멘디 가(家)의 노라가 터키 사령관의 막사로 들어간 것도 이 터키인에게 몸을 바치기 위해서가 아니라 그를 죽이기 위해서였다. 그러나 후계자가 딸을 적의 손아귀에 넘긴 것은 정반대되는 이유에서였다.

그러므로 이 혼인이 성사되었다면, 그것은 알바니아의 죽음을 의미했을 터였다.

지도자 동지의 이 마지막 말 뒤로 다시 정적이 내려앉았다. 녹음기가 규칙적으로 돌아가며 정적을 한층 심화시켰다. 어느 순간에 이르자 사람들은 여차하면 서로의 머릿속에서 생각이 굴러다니는 소리조차 뚜렷이 들을 수 있을 것만 같았다. 그들 모두 의자에 꼼짝도 하지 않고 앉아 있었다. 마침내 누군가 뻣뻣이 잰 걸음으로 단상으로 걸어가 녹음기를 껐다.

3

일주일 뒤에 수도의 열네 개 홀은 다시 사람들로 꽉 차게 되었다. 지난번과 똑같은 수의 초대장이 보내졌지만 어쩐지 이번에는 홀들이 더 북적거리는 것 같았다. 좌석과 좌석 사이에 음영이 드리워진 듯한 인상은 분명 녹음기에서 흘러나오는 소리 탓이었다. 녹음기에는 재판 과정에서 건네진 질문과 후계자의 아내와 아들, 딸이 내놓은 일련의 진술이 담겨 있었다. 후계자에 대한 가장 혹독한 비난의 말을 내뱉은 이는 그의 아내였다. 그러나 어머니와 달리 아들은 아버지의 행동에 대해 전혀 모르고 있었노라고 주장했다. 단, 아버지의 요청으로 로마 여행중에 편지를 부친 적이 있는데, 그것이 지금껏 계속 마음에 걸렸노라고 그는 고백했다. 한편 딸은 파혼에 대해서만 이야기했다. 흐느낌으로 간간이 끊어지는 그녀의 어수선한 진술을 듣고 있노라면 한 번이 아닌 두 차례의 약혼이 언급되고 있음을 알 수 있었다. 두 번 모두 아버지의 지위와 연관된 이유로 약혼이 파기되고 말았던 것이다.

첫번째 파혼의 진상을 밝히기 위해 판사가 끼어들었지만 그의 질의는 사태를 더 모호하게 만들었다. 아버지는 딸의 이 첫번째 연애를 반대했고, 그것은 두 사람의 결합으로 말미암아 그의 입지가 또다른 각도에서 볼 때 위태로워질 수 있었기 때문이다.

"우리가 조사한 바에 따르면, 첫번째 연인이었던 이 남자는 공산당 가문 출신인 동시에 국영 텔레비전 방송 기자였다는데, 그게 사실입니까?" 이 물음에 수잔나는 동의했다.

"그렇다면 이 청년은 사회주의 사상을 갖고 있었다는 말이군요. 그것만으로도 아버지가 그를 가족의 일원으로 맞기를 꺼린 충분한 이유가 되겠군요." 판사는 이렇게 말을 이었다.

수잔나는 숨결이 가빠지며 군데군데 말을 더듬었다. 그러자 판사가 질문을 반복했다. 즉, 그녀의 아버지는 정치적 견지에서 볼 때 비난받을 만한 결혼을 딸에게 시킬 의도가 아니었느냐는 것이었다. "모르겠어요!" 흐느낌을 멈추지 못한 채 그녀는 이렇게 대답하고 다시 울음을 터뜨렸다.

아무리 울고불고 애원해도 아버지의 마음을 움직일 수 없어서 결국 비참하게 깨지고 말았다는 그녀의 첫번째 약혼 이야기가 이어졌다. 서둘러 진척이 이루어진 두번째 약혼도 사람들은 같은 맥락에서 이해했다. 즉, 양편 모두 아버지의 음흉한 의도가 개입되어 있었다는 것이다.

추잡한 인간이야! 당의 고참들은 홀을 나서며 투덜댔다. 딸을 도살장에 끌고 가는 어린양처럼 자기 손으로 희생시킨 사람인데, 그런 작자가 알바니아를 어디로 몰고 갔을지 상상이나 좀 해보시구려! 그런 후계자를 모면할 수 있었다니, 이 나라가 정말 운이 좋은 거야.

혀를 끌끌 차며 나이 지긋한 몇몇 강경파들은 지도자 동지가 결국 제대로 된 후계자를 지명하리라는 희망을 내심 품고 있었다. 하지만 지도자 동지의 오른팔이 될 자격을 갖춘 자를 과연 찾을 수 있을지 많은 사람들은 확신을 갖지 못했다. 최선의 방법은 정식 임명이 있기 전에, 그런 직위가 합법적으로 가능하다면 임시 후계자를 지명하는 것이라고 그들은 생각했다.

사정이 그렇다면, 이 직책을 맡을 수 있는 유일한 인물이 아드리안 하소베우라는 건 주지의 사실 아니겠냐고 누군가 말하자, 다른 이들도 "그건 그래" 하고 고개를 끄덕였다. 이미 오래전부터 사람들은 그를 후계자와 맞서는 무언의 적대자로 간주해오지 않았던가. 심지어 그를 의심하기조차 했다……

156

귀가하던 사람들은 저마다 집이 가까워올수록 표정이 누그러 졌으며, 가족들은 그들을 보자 안도의 한숨을 내쉬었다. 그런가 하면 모임 장소였던 홀의 청소부들은 홀 내부를 환기하기 위해 문과 창문을 열면서 그 안에 떠도는 야릇한 냄새에 놀라움을 금 치 못했다. 그것은 발 냄새나 땀 냄새, 숙련된 목자들의 회합 이 후 천연 양모에서 풍겨 나오는 쉰 우유 냄새와는 차원이 달랐다. 최근 들어 점점 더 확산되어가는 또다른 냄새, 그것은 다름아닌 겁먹은 육신들에서 나는 냄새였다.

4

아드리안 하소베우는 바야흐로 자기 이름이 만인의 입에 오르내리고 있음을 의식했다. 예전 같으면 그런 소문을 듣고는 잠을 못 이루었을 테지만, 지금은 정반대의 상황이 연출되고 있었다.

아드리안 하소베우에게는 어둡고 음울하기만 했던 올봄, 지도자 동지가 마침내 주저와 망설임의 태도에 종지부를 찍고 후계자의 반역 행위를 들추어낸 이후로 만사가 눈 깜짝할 사이에 역전되고 말았다.

지금까지의 삶에서 이처럼 큰 안도감을 느낀 적은 일찍이 없었다. 사지의 이완은 물론 폐와 혈관, 관자놀이에서 일어나는 모든 현상으로 미루어보아, 오래전에 죽은 줄 알았던, 그러나 실은 그저 잠들어 있었을 따름인 존재의 일부가, 마치 고요한 안개 속에서 모습을 드러내듯 활력을 되찾고 있음을 깨달았다.

친지 가운데 몇 명이 그의 집에 모여 있었다. 엄숙할 만큼 고
요한 침묵이 그들 위에 떠돌았다. 서로 아무런 말도 없이 그저
감개무량한 눈길로 수척해진 그의 얼굴을 바라보고만 있었다.
가장 나이 지긋한 숙부 한 분만이 그를 부둥켜안더니 다짜고짜
울음을 터뜨렸다.

점심식사를 마치고 그가 "잠시 쉬고 오겠습니다"라고 말하는
순간에도 그들은 변함없이 다정한 눈길로 그를 바라보았다. 잘
쉬거라쉬어편히쉬거라…… 라는 속삭임과 함께.

자기 방에 돌아와서도 그는 가만가만 들리는 그들의 소곤거
리는 소리에 잠시 귀 기울이고 있었다. 그가 자리를 뜨자 대화가
더욱 활기를 띤 듯했다. 그는 나직한 말소리에 자신을 내맡긴 채
부드러운 수면 속으로 빠져들었다. 일찍이 알지 못했던 더없이
감미로운 잠이었다.

잠에서 깨어난 순간, 그는 곧 그들이 아직 집 안에 있음을 알
았다. 그들은 하소베우 자신보다 더 크게 기뻐하는 모습이었다.
지난 3월, 집이 폐허가 되다시피 했을 때 그 자신보다 더 큰 고
통을 받은 것도 그들이었는지 모른다. 그처럼 버림받은 순간에
도 그는 누구를 원망할 생각조차 하지 않았다. 오히려 그들에게
단단히 일러두기까지 했었다. 상황이 확실해질 때까지 이 집에

발을 들여놓지 않는 편이 낫겠다고.

사태가 명확히 드러나는 데에는 시간이 걸렸다. 실제로 후계자가 죽은 다음날부터 일이 복잡하게 얽혀들기 시작했다. "당신을 둘러싼 이 무성한 소문은 대체 뭔가요?"라고 맨 먼저 그에게 물어온 것은 그의 아내였다.

그는 아무런 대답도 하지 않았다. 한참 동안 침묵이 흐른 뒤 아내가 입을 열었다. 그가 정말 거기에…… '그 사람' 집에…… 자정 무렵에 갔다손 치더라도…… 어떻게 그런 일이 누설될 수 있었는지, 누가 그를 알아보았는지, 요컨대 왜 이런 험담을 단번에 틀어막지 못하고 방치하고 있었는지, 그녀는 궁금해했다.

그는 입가에 쓸쓸한 미소를 지으며 눈을 치떴다. 그러나 아내는 그가 미처 입을 열기도 전에 말을 이었다. "당신이 무어라 대답할지 알아요. 소문을 근절시키기란 불가능하다고 말하겠죠. 하지만 당신이나 나나 그게 가능하다는 걸 알잖아요!"

아내의 말은 사실이었다. 그러나 비방의 어조를 띤 소문의 첫마디를 듣고도 그는 무덤덤하기만 했다. 요컨대 그가 위험한 경쟁자를 제거했다는 소문이었다. 그가 너무 서둘러 후계자를 처치하지 않았나 하는 의구심은 그의 지나친 열성에 대한 반증으로 비쳤다. 이같은 사건에서 지나친 열성은 비난뿐 아니라 타인의 눈에 어느 정도 존경심도 불러일으키게 마련이었다. 오히려 이런 의심 덕분에 그의 영향력이 갑자기 크게 부각되었다. 또 이런 의심에 힘입어 최고위직으로의 승진이 모두에게 아주 자연스러운 일로 불쑥 다가왔다. 그가 후계자 자리에 임명되리라는 소문도 같은 맥락에서 해석될 수 있었다.

그런데 이 모든 것이 3월에 부검 소식이 전해지면서 악화 일로를 밟기 시작했다. 사방에서 들려오는 이런저런 단편적인 추측들에 비하면 차라리 고인의 시신을 절단한 외과용 메스와 집게가 덜 고통스러울 것 같았다. 부검이 행해졌다는 건 의심이 싹트고 있음을 의미했다. 부검 결과에 따라 사태가 완전히 역전될 수도 있었다. 후계자가 돌연 순교자의 후광을 두르고 부활함으로써 경쟁자를 나락으로 밀어넣을지도 몰랐다.

왜 아무도 나를 옹호하지 않는 거지? 왜 지도자 동지는 가만히 있는 거지? 아드리안 하소베우는 이런 물음들에 사로잡힌 채 잠자리에 들거나 잠에서 깨어났다.

지도자 동지의 눈은 더이상 그를 알아보지 못하는 것 같았다. 어쩌면 실명의 징후들이 자신에게 선사한 절대적 특권을 행사하고 있는 건지도 몰랐다. 아드리안 하소베우는 지도자 동지와의 마지막 만남을 기억 속에서 되짚어보았지만 자신이 어떤 실수를 범했다고는 생각되지 않았다.

12월 13일 늦은 오후, 정치국에서 열린 회합은 한없이 계속될 것만 같았다. 후계자는 점점 더 말을 아껴가며 질문에 대답했다. 때로는 들리지 않는 통역의 끝 문장을 기다리듯 답변을 지체하기도 했다. 그런가 하면 자아비판이 적힌 종이 위로 눈을 내리깐 채 가끔씩 설명을 덧붙이기도 했다.

갑자기 지도자 동지가 검정 상의 호주머니에서 회중시계를 꺼내들었다. 그가 물끄러미 시계를 들여다보는 동안 곁에 앉아 있던 비서가 그의 귀에 대고 무어라 속삭였다. 시곗바늘이 가리키는 시각을 일러주고 있음이 분명했다.

홀에 모인 사람들은 미동도 않은 채 이어질 그의 반응을 기다렸다.

"시간이 꽤 늦은 것 같군" 하고 지도자 동지가 말을 꺼냈다. 그의 눈은 후계자가 자리한 방향을 향하고 있었다. "자네의 자아비판은 내일로 미루기로 하세……"

점점 깊어만 가는 침묵 속에서, 수년 전 비슷한 회합에 참여했던 사람들 대부분이 거의 비슷한 시각에 그들의 귓전을 울렸던 똑같은 문장을 분명 떠올리고 있을 터였다. "시간이 꽤 늦은 것 같군. 즈비라 동지, 자네의 자아비판은 내일로 미루었으면 하네"라고 지도자 동지가 말했었다. 카노 즈비라의 창백한 얼굴에서는 미세한 근육의 떨림조차 찾아볼 수 없었다. 이튿날 아침 그의 자살 직후에 만들어질 데스마스크처럼 그의 얼굴은 이미 석

화되어버린 것 같았다.

"그러면 내일 다시……" 이렇게 말하는 지도자 동지의 눈길은 어김없이 후계자가 자리한 곳을 향하고 있었다. 긴 하루해를 보내고 난, 지친 그의 목소리에는 상냥함과 부드러움의 기미마저 느껴졌다. "내일 좋은 컨디션으로 발언할 수 있도록 오늘밤 충분한 휴식을 취하게나. 다른 동지들께도 같은 당부를 드리오."

거기 모인 이들에게는 더이상 낯설지 않은 그 창백함이 후계자의 얼굴에도 똑같이 드리워져 있었다. 아드리안 하소배우는 몸의 긴장이 풀어지는 것을 느꼈다. 밤새 충분한 휴식을 취하라는 지도자 동지의 당부가 누구보다 먼저 그의 심장을 꿰뚫는 듯했다. 또 한 차례의 밤…… 한밤에서 새벽으로 넘어가는 과도적인 밤…… 그래, 지난번처럼…… 실명한 이 사내만이 통제할 수 있는 기묘한 일정표, 이 사내가 원하기만 하면 언제든 수정 가능한 변덕스런 모습을 드러내는 일정표…… 여기에 생각이 미치자 벌써부터 팔다리의 힘이 빠져 흐느적거리는 것 같았다.

반쯤 넋이 나간 상태에서 그는 집으로 돌아왔다. 이윽고 잠자리에 들려는 순간, 그를 찾는 전화가 걸려왔다. 지도자 동지가 사무실에서 그를 기다리고 있었다. 그의 눈에는 불안의 빛이 역력했고, 목소리에서는 더 큰 동요가 묻어나왔다.

"오늘밤 어쩐지 좋지 않은 일이 생길 것 같은 불길한 예감이 드네. 그래서 자네를 부른 거야. 자네밖에는 믿을 사람이 없으니까."

하지만 아드리안 하소베우는 지도자 동지가 요구하는 바가 무언지 정확하게 알 수 없었다. 그의 말에 집중하려고 할수록 한층 갈피를 잡기가 어려워졌다. 요컨대 '그 사람'의 집에 가야 한다는 것. 그곳에서 무슨 일이 벌어지는지 알아오라는 것이었다……

"이 일을 할 수 있는 사람은 자네뿐이네."

아드리안 하소베우는 지도자 동지의 의중을 파악하기 위해 그의 짙은 갈색 동공을 들여다보았지만 별 소용이 없었다. 실명한 눈에서 전해져오는 것은 깊이를 알 수 없는 어둠뿐이었다. 두 차례에 걸쳐 지도자 동지는 그에게 무언가를 건네줄 것처럼 보였다. 지하 통로로 들어가는 열쇠인지도 모르지, 그런 게 정말 존재한다면. 그러나 그런 일은 결코 일어나지 않았다. 열쇠도, 부수적인 설명도, 그에겐 아무것도 주어지지 않았다. 지도자 동지는 그저 "자네밖에는 믿을 사람이 없어"라고 똑같은 말만 되풀이할 따름이었다. 자정 무렵에 걸어서 그곳에 가야 한다는 것, 설령 경호원들이 그를 알아보더라도 그는 장관의 신분이니 야밤에 보초를 점검하러 다닌다 한들 충분히 납득할 만한 일이다…… 그런 다음 자신의 사무실로 돌아와야 하며…… 자신은 그가 돌아오기를 애타게 기다릴 것이라고……

아드리안 하소베우는 지도자 동지의 말에 단 한 차례도 끼어들지 않고 그의 요청을 따랐다. "그럼 이제 가보게나!"라는 말이 떨어지기 무섭게 그는 자리에서 일어섰다. 그리고 귀가하여 자정이 될 때까지 기다렸다가 검정 방수복으로 몸을 감싼 채 혼자 옆문으로 집을 빠져나왔다. 비가 내렸고, 드문드문 번개가 번쩍이는 칙칙한 밤이었다. 다른 어느 곳에도 존재하지 않을 특별한 밤, 자정에서 새벽으로 흐르는 밤, 마치 악몽을 꾸듯 그는 이 밤을 통과해 나아갔다.

멀리서 후계자의 침실 창문이 보였다. 건물 정면으로 나 있는 방들 중 그 방만 유일하게 불이 밝혀져 있었다. 하소베우가 방수복의 후드를 젖히는 순간 경호원들이 그를 알아보았다. 마치 열병에 걸린 사람처럼 그는 집 주위를 맴돌면서 문 하나하나를 살폈다. 그 문들 중 하나가 갑자기 열리기를 고대하고 있기라도 한 듯……

얼마 후, 그는 지도자 동지의 사무실에 돌아와 있었다. 예상대로 지도자 동지는 그를 기다리고 있었고, 하소베우가 나타나자 그를 향해 성급하게 몇 발짝 떼어놓기까지 했다.

"시키는 대로 했나?" 그는 초조한 마음을 숨기지 않고 물었다.

아드리안 하소베우는 머리를 끄덕여 그렇다는 뜻을 표했다.

그러자 지도자 동지는 핏자국을 찾기라도 하려는지 상대의 두 손을 유심히 살폈다. 어찌나 주의 깊게 살펴보는지 하소베우는 손을 빼내 뒤로 감추고 싶은 심정이었다.

"문이란 문은 모조리 안쪽에서 잠겨 있었습니다."

그는 이렇게 대답했지만 정말 그렇게 말했는지 스스로도 확신이 서지 않았다.

"이젠 편안히 잠을 청할 수 있겠군." 상대방이 말했다.

바깥 보도로 나서니 빗줄기가 한층 굵어졌다. 아드리안 하소베우는 자신이 집으로 가고 있다고 생각했지만 저도 모르게 발길이 다른 데로 향했다. 멀리서 다시 한번 후계자의 침실 창문이 눈에 들어오는 순간 모든 것이 이해되었다. 그는 방수복 호주머니에서 권총을 꺼내 총신에 소음기를 고정시켰다.

다음날 이른 아침, 집 안의 전화 네 대가 쉬지 않고 울려댔다. 그가 후계자의 집에 도착했을 때에는 검찰 총장이 이미 그곳에 와 있었다. "누가 시신을 옮겼죠?" 그의 눈이 불면으로 부어오른 미망인의 멍한 눈과 마주친 순간, 그는 자제심을 잃고 이렇게 물었다. "제 말은, 누군가 시신을 옮겼냐는 겁니다."

세부 사항 하나하나까지 온갖 상상을 다 해본 탓인지 지금 눈앞에 싸늘하게 누운 시신의 모습이 전혀 낯설게 느껴지지 않았다.

한 시간 뒤에 시작된 정치국 회합에서 그는 지도자 동지의 눈길을 끌려고 했지만 허사였다. 지도자 동지는 대체 무슨 생각을 하고 있는 걸까? 그날 오전 내내 이 물음이 그를 괴롭혔고, 특히 그후 부검이 행해진 그 길고 지루했던 일주일 동안 그는 같은 의문에 사로잡혀 있었다. 12월 13일 자정 무렵, 지도자 동지와 나누었던 마지막 대화가 지금에 와서는 환각이 아니었나 싶을 지경이었다. 이 대화는 아무런 의미도 없는 듯이 보였다가 필요 이상의 의미를 내포하는 것 같기도 했다. 바로 이 부분에서 연결의 맥이 끊어졌다. 그날, 지도자 동지의 곁을 떠난 직후 그의 발걸음은 자신의 집으로 향하는 대신 후계자의 집 쪽으로 다시 옮겨졌고, 그는 무언가 바로잡아야 한다는 분명한 느낌에 사로잡혀 있었다. 이리하여 모든 것이 복잡하게 뒤얽히고 만 것이다.

티라너의 주민 절반이 그렇듯이 지도자 동지 역시 그를 살인자로 여기고 있는지도 몰랐다. 아니면 그에게 살해 의도가 있었지만 다른 누군가가 더 잽싸게 움직인 덕에 실천에 옮길 기회를 놓쳤다고 믿는 건 아닐까? 그것도 아니라면, 이 일을 후계자가 직접 떠맡음으로써 두 사람의 행동을 앞질러버린 것일 수도 있다.

'그분'이 심중에 품은 생각을 그 절반이라도 알 수 있다면 얼마나 좋을까! 이따금 생각들은 놀란 까마귀 떼처럼 빈 터에 까마귀 한 마리만 남겨둔 채 눈 깜짝할 사이에 흩어지고 말았다. 오직 그만이 이 모든 걸 알고 있다면 그를 제거해야 하지 않을까? 그의 첫번째 가정은 원초적 단순성이었다. 그러나 바로 이런 단순성 때문에 그는 어렵잖게 이 가정을 물리칠 수 있었다. 지도자 동지가 지닌 정신적 도구들의 일부라 치부하기에는 너무 평범하고 상식적인 가정이 아닌가.

그건 아니야! 피로가 몰려왔지만 그는 이렇게 스스로를 달래었다. 누구에게 하는 말인지 그 자신도 분간할 수 없었다. 어쩌면 지도자 동지는 그가 살인을 저질렀다고 의심하고 있는지도 몰랐다. 게다가 그가 후계자의 집을 재차 방문한 사실이 지도자 동지의 귀에 들어가기라도 했다면, 살인까지는 아니더라도 그가 후계자를 자살로 몰고 간 장본인이라는 의심을 받았을 수도 있다. 후계자를 궁지로 몰기 위해 거기 갔거나…… 아니면 그곳에 전혀 가지 않았을 수도…… 실타래가 풀리기 시작했지만 하소배우 자신은 이같은 혼돈 속에서 더는 무엇이 옳고 그른지 가릴 만한 정신적 여유가 없었다.

그는 여러 차례 '그분' 께 편지를 쓰려고 했었다. 상상 가능한 온갖 범죄에 대해 스스로 책임을 떠맡을 준비가 되어 있노라, 살인을 저질렀건 자살을 독려했건, 그 어떤 경우라 하더라도 당의 신조에 도움이 될 수만 있다면. 그러나 편지의 처음 몇 줄을 끄적이면서 느꼈던 안도감은 곧 좌절감으로 그를 덮쳤다. '그분'이 건네주는 신호들을 자신이 해석할 수 없었다는 사실에 그는 망연자실했다. 지도자 동지는 신호를 보내는 데 늘 인색했다. 카노 즈비라 사건의 경우, 새로운 사실이 드러날 때마다 이전의 승리자들이 제거되었고 잇따른 발견은 다음번 승리자를 몰락의 길로 내몰았다. 이때에도 지도자 동지는 절대로 직설적인 제스처를 사용하지 않았다.

이해 불가능의 벽은 지난 몇 해 동안 한층 두꺼워지기만 했다. 시력을 점차 잃어감에 따라 지도자 동지는 더이상 사람들이 간파할 수 없는 다른 인지 기능들이 강화되는 것 같았다. 안개 속처럼 몽롱한 이런 상황에서 무엇을 믿어야 할지 아는 사람은 아무도 없었다.

아드리안 하소베우는 이 모든 것을 알고 있었음에도 좌절감에 휩싸여 울부짖고만 싶었다. 12월 13일 밤, 지도자 동지는 왜 그를 거기 보낸 걸까? 여차하면 그에게 살인자의 역을 맡게 할 작정이었을까? 그 밖에 다른 가능성은 없는 듯 여겨질 때도 가끔 있었다. 후계자의 죽음이 두 개의 가면을 쓰고 있다면 결국 그중 하나가 선택될 수밖에 없었다. "당신이 그러지 않았다면 그 책임을 떠맡을 이유가 하나도 없어요"라고 아내는 말했다. 그는 한참 말이 없었지만 아내가 재차 물어오자, 그녀든 다른 누구든 이런 일을 이해할 사람은 없노라고 대꾸했다.

그가 이해 불가능성을 입에 올린 것은 최근 들어 알게 된 한 가지 사실 때문이었다. '의심'은 지도자 동지에게는 신성불가침의 정신적 특성이었다. 그것은 외로울 때 함께 놀며 쉬고 싶은 한 무리의 개들과 흡사했다. 하지만 그것들에 감히 접근할 생각이라면 절대 조심하지 않으면 안 된다!

아내는 양손에 머리를 파묻었지만 그 자신은 한시름 놓은 사람처럼 아내에게 사정을 설명하기 시작했다. 그가 아는 한 지도자 동지는 어떤 해명도 기대하고 있지 않으며, 따라서 자신도 최소한의 설명을 늘어놓는 것조차 삼간다는 말이었다. 그가 이처럼 침묵을 지키는 이유는 자신의 생각을 알리기 위해서였다. 즉, 그는 운명을 받아들일 준비가 되어 있다는 것. 이 운명은 다름아닌 지도자 동지가 원하는 운명이었다. 저를 범죄자로 낙인 찍을 필요가 있다면 그렇게 하소서! 그게 아닌 다른 무엇을 원하신다 해도 선택은 당신께 달렸나이다!

거실 쪽에서 식구들이 웅성대는 소리가 들려왔다. 전에 없이 마음이 차분히 진정되는 것을 느꼈다. 희미한 배경음 사이로 툭, 탁 하는 소리가 나지막이 났다. 기묘하게도 그 소리는 신경을 거스르는 대신, 그의 마음속에 아득한 향수를 불러일으켰다.

자리에서 일어나 거실로 향한 문을 여는 순간, 그는 이 모든 소리의 진원지를 대번에 알 수 있었다. 홀 반대편 주방에서 세누이가 하인들의 도움을 받아가며 과자를 만들기 위해 반죽을 얇게 펼쳐놓고 있었다.

"놀란 모양이네." 방문객들 가운데 한 사촌이 그를 향해 말했다. "모레가 자기 생일인 걸 잊었나보지?"

팔뚝까지 밀가루가 하얗게 묻은 여동생 한 명이 다가와 그를 포옹하며 말했다. "오빠, 푹 쉬었어요? 오빠가 이제껏 한 번도 못 먹어본 바클라바 과자를 만드는 중이에요."

아직 잠이 덜 깬 흐릿한 눈으로 그는 차곡차곡 포개어진 순백의 얇은 반죽을 바라보며, 결혼식을 앞두고 시끌벅적한 옛날 시골 대저택의 광경을 떠올렸다. 실제로 그는 자신의 생일을 완전히 잊고 있었다. 이 불길한 계절을 지나오는 동안 잊고 지낸 것은 그것 말고도 많았다.

그는 물 한 잔을 청한 다음 얇게 층이 진 반죽을 향해 다시 몸을 돌렸다. 그리고 아무리 보아도 물리지 않는다는 듯 그 모습을 바라보았다.

5

아드리안 하소베우의 생일은 성공의 정점을 그은 날이었지만 몇 시간 뒤 그의 삶은 바닥으로 곤두박질쳤다.

오전 열한시경, 새의 날갯짓만큼이나 희미하고 미묘한 첫 회오리바람이 감지되었다. 생일 잔치에는 거의 모든 관료와 정치국 인사들 대다수가 참여했다. 사람들은 이제나저제나 지도자 동지의 등장을 기다리고 있었다. 이런 행사에서 그는 보통 이때쯤 모습을 드러내곤 했다. 그 징조로서 사람들이 방구석 쪽으로 물러나는 한편, 대화가 잦아들었으며 그들의 눈길은 무의식중에 입구를 향해 쏠렸다. 병이나 유리잔 들조차 갑자기 그 모든 광채를 자신들의 몸 안에 흡수해버린 듯했다. 아드리안 하소베우는 시계를 보지 않으려고 안간힘을 썼다. 하지만 시선 닿는 데마다

시계가 눈에 띄었다. 순간 초대객들의 얼굴에 드러난 표정이 괘종시계의 숫자판을 꼭 닮아 있었기 때문이다!

날 위해 그리들 걱정하시는 거요? 그는 쓸쓸한 심정으로 미소를 지었다. 하지만 그게 얼마나 부당한 물음인지 금방 깨달았다. 그들은 모두 자신의 사람들이었고, 그가 몰락하는 날에는 그들 역시 같은 운명을 맞게 될 테니까.

정오경에는 초대객들이 소곤대는 소리조차 알아들을 수 없어 그 의미를 그저 추측만 해볼 따름이었다.

그는 넋이 나간 듯 멍한 상태에서도 아직 편지나 전보가 도착할 시간은 있다는 데 간신히 생각이 미쳤다. 지도자 동지 자신이 꼭 몸소 오라는 법은 없었다. 어떤 상황이었는지 기억은 나지 않지만 분명 전에도 이런 일이 있었다. 최근 들어 그분의 건강 상태가 좋지 않다는 점을 감안하면 더욱이 그러했다.

초대객들이 식탁에 착석하는 순간 뜻하지 않게 분위기가 활기를 띠었다. 모두 함께 축배를 들었고 그 역시 냉정을 유지할 수 있었다. 식사의 마지막에 이르러 그는 바클라바 과자를 맛보려 했지만 과자가 목에 걸려 넘어가지 않았다. 누이가 한 말이 어렴풋이 머릿속에 떠올랐다. 한 번도 먹어본 적이 없는…… 바클라바…… 그는 이 생각을 떨쳐버리려 했지만 소용이 없었다. 이런 바클라바는 정말이지 먹어본 적이 없었다. 그 자신도, 그의

173

친지들도.

　커피를 마신 뒤에도 초대객들은 좀처럼 떠나지 않고 머물러 있었다. 가지 않고 뭘 기다리는 거요? 더이상 여기서 머뭇거릴 필요가 없다는 걸 모르겠소? 집 안이 비기를 기다리다 못해 그는 이렇게 소리를 질러대고 싶은 심정이었다.

　내가 몰락하는 꼴을 더 자세히 지켜보기 위해 그렇듯 꼼짝 않고 있는 거요? 억눌린 절규와 맹목적인 증오의 끈으로 짜인 병적인 매듭이 그의 뇌를 옭아매고 있었다. 어쩌면 그분은 등장하기에 앞서 홀의 바닥이 깨끗이 치워지기를 기다리고 있는지도 모른다는 당치 않은 기대가 거기에 끼어들었다.

　격앙된 감정에 뒤이어 가슴이 먹먹해졌다. 정신적 허탈감이 밀려들면서 문득 무자비하고 적나라한 생각이 고개를 쳐들었다. 즉, 지도자 동지는 오지 않으리라는 것. 편지도 축전도 없을 것이며, 전화 한 통 걸어오지 않으리라는 것.

　이같은 사실을 확인하는 것은 잔인한 일이었다. 그러나 한 시간 뒤 해질녘 어스름이 정원에 깔리기 시작하자, 지도자 동지의 부재가 더는 놀랍지 않을뿐더러 오히려 그가 나타나리라는 기대는 터무니없는 희망처럼 보였다. 그의 왕림은 물론 축하 편지나 전보, 전화, 이 모두가 한갓 어린 학생의 몽상처럼 여겨졌다. 그는 머지않아 가파른 절망의 내리막길로 치달을 텐데, 아직도 자신이 감옥에 처넣어지지 않은 것이 오히려 이상하게 생각될 정도였다.

잠시의 간격을 두고 방문객이 다시 몰려들기 시작했다. 예전처럼 그들의 손에는 케이크와 술, 꽃이 들려 있었다. 이보다 더 부조리한 행렬은 상상할 수 없었다. 더는 아무런 할 일이 없다는 걸 그들은 느끼지 못하는 걸까? 그래, 꽃을 가져오는 일 정도라면 괜찮을지도 모르지. 꽃은 잔치나 초상, 모두에 쓰이는 거니까.

그들이 여기 와 있다는 사실보다 더 견디기 힘들었던 것은 그들이 건네는 축하 인사였다. 두 번이나 그는 말귀를 알아듣지 못하고서 "뭐라고요?" 하고 되물었다. 그러면 그들은 되풀이해 말했다. "더 높은 지위에 오르시기를!"

"인상 좀 펴세요." 아내가 커튼을 열어젖히러 오는 척하면서 그의 귀에 대고 속삭였다.

그는 정원을 향해 난 창 쪽으로 고개를 돌렸다. 하루해가 빠르게 저물어가고 있었다. 지난 수년간 '그분'이 이렇게 늦은 시각에 외출을 한 일은 없었다.

또 한 차례 그는 복도에서 아내와 마주쳤다. "한데 난 아직도 모르겠어요. 왜 당신이…… 거기에…… 두 번씩이나 갔었는지." 아내가 그에게 말했다.

그는 한참 아내의 얼굴을 빤히 들여다보았다. 그럼 환한 표정을 짓고 있는 아내도 그 생각만 하고 있었다는 말인가.

"내가 왜 거기 다시 갔었냐고?" 그가 힘없는 목소리로 대답했다. "나도 모르겠다고 말하면 당신은 믿지 않겠지."

아내는 괴로운 표정을 지으며 머리를 흔들었다. "여전히 비밀은 당신 혼자만 간직하겠단 말이죠? 평생을 그렇게 살아오고서도 아직 충분치 않단 말이죠?"

그는 고개를 저으며 아내의 말을 부인했다. "당신한테 비밀은 없소, 여보."

처음에는 부드럽고 들릴락 말락 하던 그의 목소리가 갑자기 거칠고 분노에 찬 냉정한 어조로 바뀌었다.

"내가 그날 밤 무슨 일을 했는지 정말 알고 싶단 말이지? 아무 짓도 안 했어! 무슨 말인지 알겠소? 문은 안쪽에서 잠겨 있었소."

"진정하세요." 아내가 애원조로 말했다.

그는 가쁜 숨을 몰아쉬었다.

"그래도 집 밖에서 무언가를 기다리긴 했잖아요." 그녀가 조용히 말을 이었다.

"그건 나도 모르겠소. 물론 무얼 기다리긴 했지…… 안에서 어떤 신호가 있기를 기다렸던 게 아닐까? 어쩌면 그 비슷한 건

지도…… 정말 그랬던 것 같아…… 어떤 신호를 기다려야 했어…… 내가 잘못 생각했는지도 모르지만……"

"누가 보내는 신호였죠?"

"그보다 더 간단한 대답은 없소. 이 신호를 보낼 수 없는 누군가가…… 그게 내가 받은 느낌이었어…… 하지만 그런 신호 따위는 단 한 차례도 없었소……"

"끔찍한 일이네요!" 아내가 신음에 가까운 소리를 냈다. "무언지 짐작조차 할 수 없는 신호를 기다리다니…… 어떻게 보내질지, 무엇 때문에 보내는지도 모르는 신호를……"

"내가 운이 없었던 게 바로 그 점이오. 사정을 제대로 파악하지 못했던 거지…… 그날 밤 그분이 내게 한 말이 너무 모호했거든. 나중에 내가 그의 사무실로 돌아왔을 때 그분이 한 말은 더 모호했어. 그분은 벌써 잠에 빠져들기 시작한 사람 같았으니까……"

"정말 재수가 없었군요!" 아내는 자신도 모르게 불쑥 내뱉었다. "'그분'은 잠든 동안에도 당신네들을 손 안에 넣고 주물럭거리는데 당신들은 말짱하게 깨어 있으면서도 무엇 하나 알아채지 못하니 말이에요."

바로 거기에 비밀이 있다고 그는 말하고 싶었을 것이다. 그분은 깊이 잠든 사이에도 사람들을 마음대로 조종한다는 것.

"이제 그만 가서 사람들하고 이야기를 나누세요. 우리끼리 너무 오래 있었어요." 그녀가 충고했다.

"저 사람들 아직도 남아 있단 말이오? 제발이지 날 위해 그들을 쫓아버려요! 잔치는 끝났다고 말해요. 뭐든 생각나는 대로 이야기해요. 문을 전부 닫아걸어버리게!"

6

거기서 이백 보쯤 떨어진 곳. 지도자 동지가 최근 들어 사무실로 사용하기 시작한 널찍한 방 안에서 그는 큰 유리창 쪽으로 고개를 돌린 채 비서의 말을 듣고 있었다. 비서가 지도자 동지의 저택 뒷벽과 이웃한 정원에서 벌어지고 있는 일들을 그에게 보고하고 있었다.

저물녘의 어슴푸레한 빛으로 인해 정원 여기저기에 심어져 있는 몇 그루 나무들이 뒤로 성큼 물러나 보였다. 이윽고 어둠의 장막이 펼쳐지면 이 나무들에서 떨어져내리는 죽은 잎사귀들도 모습을 감출 터였다.

지도자 동지는 비서에게 하늘이 흐린지 물었다. 그런 다음 곧 하소베우의 저택에서 아직도 잔치가 계속되고 있는지 궁금해했다.

하늘에는 약간의 구름이 끼었고 잔치는 이제 막 끝났노라고, 비서는 두 질문에 차례로 답변했다.

그도 결국 알아차렸을 테고, 이제 기력을 회복하려면 일주일은 족히 걸릴 거라고, 지도자 동지는 생각했다.

잠시 잠잠했다가 다시 살아난, 그의 바위처럼 차가운 증오심은 견딜 수 없는 것이었다.

자네한테 거의 일 년의 유예 기간을 주었지, 하고 그는 머릿속에서 장관에게 말했다. 입 안에 쓰디쓴 담즙이 가득했다. 그렇게 오랜 시간을 기다려주는 게 아니었다고 그는 생각했다.

옛날에 고향 사람들이 부르던 노래가 요즘 자주 머릿속에 떠오르곤 했다.

네가 들려준 이야기는
너무도 뻔뻔한 거짓말이었지
이 가을을 기약하며
넌 내게 약속했는데……

하소베우는 그를 실망시켰다. 한낱 나뭇잎조차 언제 나무에서 떨어져야 할지를 알건만 그는 그것을 모르는 척한 것이다. 이제 그에게는 자신이 저지른 실수를 만회하기 위한 긴긴 한 주가 주어졌다.

"내가 자네한테 검은 야수를 보낼 수밖에 없게끔 만들지는 말게." 그는 혼자 중얼거렸다.

저녁 식사를 앞두고 침울한 기분에 젖지 않기 위해 그는 다른 일을 생각하려고 애썼다.

"이제 밖이 어두워진 것 같군." 그는 비서에게 불쑥 이렇게 말했다.

"예, 완전히 캄캄해졌습니다." 비서가 대답했다. "정원의 가로등에도 불이 들어왔습니다."

** 제5장 **

지도자 동지

1

그 한 주는 영원히 지속될 것만 같았다. 중앙위원회 총회가 열리는 금요일은 조금 더 기다려야 했고 그는 화요일 오전 내내 대사들의 보고와 티라너에서 떠도는 비공식 뉴스의 개요를 들어야 했다. 인근 동네에서 열일곱 살 난 처녀가 자살했다는 소문이 있었다. 하소배우의 몰락과 관련된 소문은 드물었다. 언론사들 중에서는 한 군데만 이 점을 언급했지만 당사자의 이름을 교묘하게 바꿔서 사람들이 눈치채지 못하게 만들었다. 처녀는 연애 사건으로 인해 자살한 것이었다. 그녀가 사는 집 앞 사거리에서 자전거 수리공으로 일하는 시건방진 청년에게 차이고 나서였다. "하제베르크……" 그는 장관의 변형된 이름을 되풀이해 웅얼거렸다. "자넨 이제 게르만식 이름으로 우리를 비웃는군!"

하소배우와 관련해서는 침묵이 지배적인 반면, 그 반작용으로 후계자의 죽음을 둘러싸고는 온갖 가정과 추측이 다시 고개를 쳐들었다. 그가 발칸 반도 전 지역의 불안정화를 꾀했다, 유럽의 연안 지대까지 대서양 동맹을 확장시키려고 했다, 원유 문제가 개입되었을지도 모른다, 등등. 그런데 정말 자살인가, 타살인가? 진짜 이유는 뭔가? 누가 총을 쏘았나?……

"늘 그게 그 소리군." 그는 혼잣말로 중얼거렸다.

비서는 그의 중얼거림이 그치기를 기다렸다가 다시 보고서를 읽어나갔다. "그러므로 지하 통로가 있었다는 것이다. 12월 13일 밤에 그곳에서는 무슨 일이 일어났는가……"

이 마지막 문장을 듣는 순간 그의 입에서 냉소가 흘러나왔다. "그럴듯하군!" 감탄의 말을 내뱉은 뒤 그는 비서에게 이 부분을 다시 한번 읽어보도록 했다. 보고서에 따르면 항간의 소문은 이러했다. 바로 이 지하 통로에서 지도자 동지와 후계자의 최종적인 만남이 있었고, 대화 도중 후계자가 총을 뽑아들자 지도자 동지의 경호원이 앞질러 후계자를 쏘았다는 것이다.

이 부분에서 비서는 '그분'의 웃음소리가 그치기를 기다렸다가 다시 보고서의 내용을 읽어야 했다. 그러고 보면 후계자는 지하실에서 총을 맞았고, 밀랍으로 만든 마네킹과도 흡사한 그의 시신이 두 남자의 손에 들려 계단을 통해 올려졌다는 소문이 정말인 셈이었다.

"잠깐!" 지도자 동지가 끼어들었다. "그 부분을 다시 한번 읽어보게나……"

비서는 다시 한번, 이번에는 더 천천히 읽어내려갔다. 읽기를 마치자 '그분'은 또 한 번 그 대목을 듣고 싶어했다. 그러고는 비서가 보고서를 읽는 동안 그 대목을 혼자 따라 외었다. "일찍이 이야기되었던 것, 즉 일찍이 예견되었던 것이 완수되기 위해……"

"마치 성서에 있는 말 같군." 지도자 동지는 꿈꾸는 듯한 목소리로 중얼거렸다. "내 기억이 틀리지 않는다면 성서에서 어떤 사건들은 흔히 이런 식으로 서술되지."

비서가 읽어준 내용에 지도자 동지가 토를 달 때면 늘 그러듯, 비서는 경외심 어린 표정으로 그를 바라보았다. 그러다가 다시 보고서 위로 눈길을 옮기려는 순간, '그분'이 가로막으며 말했다. "잠깐, 서두르지 말게나!"

비서는 지도자 동지가 요구하는 바를 처음에는 이해하지 못했다. 그것은 이미 며칠 전에 그가 지도자 동지에게 읽어주었던 난해한 보고서였다. 거기서 분석가는 티라너에서 발생한 수수께끼 같은 죽음을 언급하면서 독재자의 뇌가 작동하는 방식을 파헤치려 하고 있었다.

동요의 기색 없이 비서는 다시 보고서로 돌아왔다. 그는 사십 년째 이 직책을 맡고 있었다. 그동안 이런저런 감정들을 하나씩 잃어갔으며 두려움의 감정도 예외는 아니었다.

이제 그가 다시 손에 잡은 텍스트는 간결했다. 분석가에 따르면 독재자의 뇌는 가히 '불안의 구조물'이라 불릴 만한 방식으로 작동한다. 꿈이 그렇듯 이 구조물 역시 끝에서부터 역방향으로 축조된다. 게다가 한순간에, 때로는 눈 깜짝할 새에, 미처 축조되지 않은 부분이 모두 완성된다. 분석가는 자신이 의미하는 바를 분명하게 전달하기 위해 축조된 건물의 이미지를 그 파손된 조각들로써 제시했다. 담, 내벽, 지붕, 벽난로, 가구 같은 나머지 조각들이 단번에 건물에 합치되었다가 곧 다시 허물어졌다. 유죄 판결을 내릴 때 '주인님'의 뇌도 이와 동일한 과정을 밟는다고 할 수 있다. 우선 그가 희생자의 죽음을 개략적으로 그리고 나면 나머지는 나중에 완성되는 것이다.

이게 네놈이 한 짓이야, 라고 그는 생각했다.

분한 마음에 숨이 점점 가빠졌다. 그래, 성서 시대부터 사람들은 이런 짓을 저질러왔지. 그런데 이제 와서 그들은 그가 이같은 일을 꾸몄다고 주장하지 않는가!

등뒤에서 아내의 발소리가 들려왔다.

"하소베우에게서 편지가 왔어요." 아내가 그의 어깨 너머로 몸을 기울이며 말했다.

"그래? 어디 한번 봅시다. 폰 하제베르크의 뇌가…… 어떻게 작동하는지!"

편지는 길고 지루했을 뿐 아니라 음흉한 인상을 주었다. 이제 만사가 백일하에 드러난 마당에 왜 자신이 계속 냉랭한 시선의 대상이 되어야 하는지, 하소배우는 불평을 늘어놓았다. 후계자를 타인의 손에 살해된 순교자로 생각한다면 하소배우 자신을 의심하는 것도 이해가 간다고, 하지만 후계자는 반역자로서 스스로 목숨을 끊었음이 인정된 터에 왜 자기가 여전히 의혹의 눈총을 받아야 하느냐고 그는 쓰고 있었다.

'더러운 위선자 같으니라고!' 지도자 동지의 마음속에서 분노가 치밀었다. '자넨 정말 날 속여넘길 수 있다고 생각하나보지?'

그의 숨이 다시 가빠졌다. 하소배우는 자기 손으로 판 구덩이에 자기가 빠지지 않으려고 순진한 척하고 있는 것이다. 하소배우는 사태를 더없이 단순하게 제시하며 묻고 있었다. 후계자를 살해당한 순교자라 하시겠습니까? 그렇다면 저를 의심하시는 것도 일리가 있습니다. 하지만 그가 자살한 반역자라면 어쩌시겠습니까? 지도자 동지가 저 하소배우를 꾸짖는 것을 이해하지 못하겠습니다!

"받아쓰게!" 그가 비서에게 명했다. 하소배우는 제3의 설명,

정답임이 분명한 이 설명을 생략하고 있다. 순교자건 반역자건, 자살이건 타살이건, 어떠한 경우에도 하소베우는 이 사건에 연루되어 있다. 그날 밤 그는 후계자의 집 주위를 맴돌고 있었다. 후계자를 죽일 계획이었을까? 아니면 그럴 필요가 없게 되었다는 것도 모르고 후계자에게 자살을 강요할 생각이었을까? 암살자들을 후계자의 집 안에 들여보냈을까? 여러 추측이 가능하지만, 그렇다고 이들 가정이 사건의 핵심을 바꾸어놓지는 못한다. 이것은 전형적인 음모이기 때문이다. 위험을 감지한 음모자들이 그 중심인물을 서둘러 제거한 것이다. 불을 보듯 뻔한 일 아닌가.

"불을 보듯 뻔한 일이야. 결말도 마찬가지고." 그는 이렇게 중얼거렸다.

"받아쓰게나." 그는 비서에게 다시 명했다. "내 이름으로 그 사람에게 적어 보내게. 그가 아는 모든 사실을 모레 있을 중앙위원회 총회에서 이야기하라고 말일세. 거기서 모든 진실을 털어놓으라고!"

그는 하소베우를 향해 '진실을 털어놓게, 하소베우. 자네가 털어놓는 비밀로 겁 먹을 자가 누군지 알게 되겠지!'라고 말할 것이었다. 그때 장내에 감돌게 될 죽음 같은 고요가 곧 지도자 동지의 머릿속에 그려졌다.

주변 사람들의 비밀을 샅샅이 안다는 것은 분명히 축복이겠지만 차라리 모르는 편이 지고의 경지 아닐까. 그는 최근에야 이 사실을 깨닫고서 오랜만에 참 평화를 맛보게 되었다. 이처럼 평온한 상태에 이르는 데 시력 상실이 한몫한 것은 사실이다.

12월 13일 밤, 후계자의 집에서 무슨 일이 벌어졌는지 그로서도 전혀 알 도리가 없었다. 지도자 동지 자신이 모른다면 다른 이들이야 두말할 것도 없어서, 천 년이 흘러도 이 사건은 베일에 가려져 있을 것이다.

이제 그들 모두는 마치 다른 종에 속한 짐승들처럼 그를 에워싸고 돌면서 애처로운 소리로 칭얼대며 그날 무슨 일이 있었는지를 온갖 암시와 눈짓을 동원해 설명하고자 했다. 하지만 그들이 목이 쉬도록 호소하고 싶어하는 내용은 일관성이 없고 불완전할 수밖에 없었다. 이 사건에 대해 그들 각자가 이해한 것은 마치 파리의 눈을 통해 보듯 단편적이고 부분적이었기 때문이다.

고인을 제외하고 다른 두 사람이 사건에 연루된 듯했다. 그러나 그들이 어쩌다가 이 불길한 일에 얽혀들었는지는 아무도 모를 일이다. 어떻게 그들이 마주쳤으며 서로를 밀쳐내고 위협하고, 그러다가 다시 정적이 찾아들었는지 알 수 없는 노릇이다. 오직 한 사람, 하소배우의 목소리만 절반은 절규, 절반은 신음이 되어 들려왔다. 문은 안쪽에서 잠겨 있었다고.

그는 내무부 장관이 아닌가. 그런데도 굵직한 살인 사건들의 경우 문은 항상 안쪽에서 잠겨 있다는 사실을 모르다니!

지도자 동지는 바람이 이는 소리를 들은 것 같아 정원에서 무슨 일이 있는지 물었다. 그의 기억이 정확하다면 모든 고대 비극이 전달하려는 내용은 한 가지, 즉 범죄를 어떻게 부족 밖으로 추방하느냐였다. 반대로 범죄를 어떻게 부족 내부로 침투시키는지 그로서는 한 번도 들어본 기억이 없었다.

아마도 황새들이 둥지를 떠나는 소리인 것 같다고 비서가 일러주었다. 법석을 떠는 소리가 그토록 요란한 것을 보면 아마도 그럴 거라고.

등뒤에서 아내의 발소리가 나자 지도자 동지는 무슨 말을 하려다 말고 기다렸다.

"또다른 편지라도 왔소?" 그는 뒤도 돌아보지 않은 채 쾌활한 목소리로 물었다.

"그래요." 아내가 대답했다.

"어이가 없군!" 그는 손끝으로 봉투를 더듬어본 뒤 이렇게 말했다. 후계자의 미망인으로부터 온 편지였다.

이제 죽은 사람 본인에게서 온 편지만 있으면 되겠군, 하고 그는 생각했다.

봉투가 묵직해 보였다. 미망인에게서 온 편지라면 그럴 수밖에 없을 거라고 그는 짐작했다. 한데 그녀는 무슨 말을 써놓은 걸까? 우리에게 무슨 소식을 전하려는 거요, 클리템네스트라* 동지……?

"편지를 태워버려요!" 아내가 냉랭한 목소리로 말했다.

고요한 방 안에 날렵하게 성냥 긋는 소리가 나더니 불길이 확 타올랐다가 꺼졌다. 검게 탄 종이가 바스락거리며 부서지는 소리가 잠시 들려왔다.

그는 아내가 재를 담은 그릇을 갖고 방에서 나가기를 기다렸다가 비서에게 말했다. "그 여자가 더이상 편지를 보내지 않으면 좋겠군. 이런 일은 꿈도 꾸지 말아야지……"

그 가족에게 무슨 일이 일어났는지 그는 아무것도 알고 싶지 않았다. 그들이 어떤 식으로 발버둥쳤고, 어떻게 생각을 고쳐먹게 되었는지, 혹은 마음이 약해져서 안개 속에서 얼마나 울부짖었는지, 이 모든 것을 끌어안고 무덤 속으로 꺼져버렸으면!

비서의 숨결이 가빠진 건 그가 아직 지도자 동지에게 무언가 전할 말이 있음을 의미했다. 어쩌면 황새 둥지에 관한 것인지도 모른다. 웬일인지 그는 하지라 부르면 대답하곤 했던 구릿빛 피

---

* 트로이 전쟁을 승리로 이끈 아가멤논의 아내. 아가멤논이 딸 이피게네이아를 희생제물로 바치자 앙심을 품고 남편 아가멤논을 살해한다.

부의 한 그리스인이 떠올랐다. 또 "하지, 황새 하지, 넌 이곳을 떠나 메카로 갈 거니?"* 하고 외쳐대며 그를 쫓아다녔던 동네 아이들도 생각났다.

요즘 들어 하루의 이 무렵이면 그는 가벼운 혼수상태에 빠지곤 했다.

---

* 그리스 이름 하지(Haxhi)는 메카 성지순례를 의미하는 hajj와 발음이 같다.

2

오후 네시 정각에 시작된 중앙위원회 총회는 아직 전반부가 진행중이었다. 밖에는 어둠이 내리고 있었다. 탁자에 팔꿈치를 괸 채 앉아 있던 지도자 동지는 회의의 긴장이 풀어지고 있음을 알아차렸다. 그리고 참석자들 사이에 의혹의 눈짓이 오가는 것을 짐작할 수 있었다. 그들은 극적인 회합을 기대했고 간밤에 간간이 눈을 붙였을 뿐 새벽까지 잠을 못 이루었다. 그런데 이제 그들 앞에서 한없이 무미건조한 안건들만 잇달아 논의되고 있었다. 에너지 부문 예산 확충, 정책 실현의 지연 등. 회의에 참석하기에 앞서 겁을 먹었던 자들은 속으로 기뻐했다. 이렇게 지속될 수만 있다면, 하고 그들은 생각했다. 수력 발전소, 목화 재배, 여성 해방…… 이런 주제들만 계속 거론되기를 그들은 바라고 또

바랐다. 한편 채찍이 후려쳐지기만을 기다리고 있던 이들은 차츰 눈살을 찌푸리기 시작했다. 소름끼치는 엄청난 비밀들은 아마도 가장 신성한 장소인 정치국에서만 검토하고 우리는 예산이나 정책 같은 잡일이나 차지하고 있으라는 게지……

아드리안 하소베우는 파리한 얼굴로 나타났다. 그는 머리를 숙인 채 네번째 줄의 자기 자리에 가 앉았다. 그의 좌우 옆좌석들은 비어 있었다. 이런 세부 형편을 지도자 동지의 귀에 대고 속삭여준 사람은 그날 처음으로 지도자 동지 오른편에 자리한, 새로 지명된 후계자였다.

지도자 동지는 청중에 대한 관심을 잃고 있었다. 그러나 휴식시간이 지난 다음 사람들이 모두 제자리로 돌아오고, 하소베우 주위로 네 개가 아닌 여섯 개 좌석이 비어 있다는 사실을 새 후계자가 지도자 동지에게 일러주자, 내무부 장관에 대한 적개심은 견딜 수 없을 만큼 치달았다. 마치 오랜 원한의 감정이 점차 사그라졌다가 다시 불붙는 듯했다.

"개자식!" 그는 혼잣말로 중얼거렸다.

하소베우는 나병 환자처럼 거기 혼자 남아 이성의 소리에 귀기울이기를 여전히 거부하고 있지 않은가!

총회는 의사일정의 두번째 안건을 검토중이었다. 당의 수도권 제1서기의 발언이 끝나자 이번에는 하소베우가 발언을 요청했다. 발언 도중 마이크를 입 가까이 가져갈 때마다 그의 목소리는 가늘게 갈라졌다. 하소배우에게로 쏠린 지도자 동지의 흐릿한 두 눈은 꼼짝도 하지 않았다. 하소배우가 '거대한 음모'라는 말을 꺼내는 순간에 이르러서야 지도자 동지는 발언자의 말을 가로막고 끼어들었다.

"지금까지 한 이야기 잘 들었네. 이 이야기는 자네가 내무부 장관직을 맡았던 지난 이십 년간의 일을 우리에게 상기시켜주었네. 한데 방금 자네가 사용한 음모라는 표현에 대해 한 가지 묻고 싶네. 오늘에 이르러 모든 음모는 자네가 이끄는 시구리미가 아니라 당이 밝혀냈는데, 그 이유가 뭐라고 생각하나?"

그 순간, 하소배우의 모습을 눈으로 볼 수는 없었지만 상상하는 것은 그리 어렵지 않았다. 하소배우가 쓰러지지 않으려고 연단을 꼭 붙들고 서 있는 장면, 잇달아 그가 움켜쥔 마이크의 줄이 그의 몸뚱이를 뱀처럼 친친 휘감는 장면.

썩은 고기를 찾아 배회하는 하이에나! 음탕한 독사 같은 놈! 그는 속으로 욕을 내뱉었다.

하소배우는 무어라 답변을 하려 했지만 홀에 모인 사람들의 갑작스런 술렁임이 그의 목소리를 뒤덮어버렸다.

저놈의 목을 졸라라! 지도자 동지는 혼잣말로 으르렁거렸다.

이 인간에 대한 적개심이 이렇게까지 다시 뜨겁게 달아오르게 될 줄은 그 자신도 전혀 예상하지 못했다. 이따금 분노로 숨을 못 쉴 것 같은 느낌이 들기도 했다.

열일곱 살 난 처녀도 그깟 자전거 수리공한테 차인 뒤 스스로 목숨을 끊었다는데.

자네도 그만하면 알아차리지 않겠나? 내가 더이상 자네를 좋아하지 않는다는 걸 말이야! 그는 내색하지 않은 채 마음속으로 외쳤다.

하소배우는 지난겨울에 이미 눈치챘어야 했다. 그후에도 그런 암시를 받았을 테고, 최근 며칠 동안도 예외는 아니었다. 그렇다면 그는 무얼 기다리는 걸까? 지도자 동지의 냉정한 표정만으로는 그가 대기 중으로 증발해버리기에 충분치 않다는 말인가? 그렇다면 자전거 수리공이 '그분' 보다 더 큰 힘을 지녔다는 말인가? 그것 참, 머리를 쥐어뜯을 일이로다!

그 순간 홀 안쪽에서 누군가가 외쳤다.

"하소배우, 돌려 말하지 말게!"

저놈의 목을 졸라라! 지도자 동지의 입에서 다시 이 말이 새어나왔다. 하지만 그가 손짓을 하자 시끌벅적했던 회중의 소란이 일시에 가라앉았다.

자네는 내가 자네를 덮칠 검은 야수를 풀어놓지 않을 수 없게 하는군…… 하고 그는 생각했다.

아주 기이한 어감을 지닌 이 검은 야수란 지도자 동지 자신이 '과도적인 밤', 즉 가끔 그가 한 회의의 전후반 사이에 삽입하는 밤을 일컬어 붙인 이름이었다.

덧붙여진 밤, 뱃밥처럼 어둠의 숨통을 조여오는 이 밤은 지도자 동지 자신의 고안물이었다. 그것이 다가오고 있다는 것은 누구라도 감지할 수 있지만 누구도 감히 인정하려 들지 않는 그런 밤.

홀 안에 질서와 정적을 회복시켰던 손으로 그는 이제 회중시계의 줄을 잡아당기고 있었다.

삼십 년 전 그때도 그는 이 얼음처럼 차가운 시곗줄을 꺼내들었다. 바야흐로 자신이 어떤 공포를 불러일으킬지 스스로도 거의 깨닫지 못한 상황에서 그는 말했었지. 동지들, 이제 시간이 늦었으니……

해가 갈수록 홀에 모인 회중의 침묵은 깊어만 갔다.

그는 말을 미처 끝마치기도 전에 낯익은 도취감이 점점 고조되어 홀 안에 퍼져나가다가 다시 자신에게로 흘러드는 것을 느꼈다. 그는 이 감정에 온전히 사로잡힐 때까지 그대로 잠시 기다렸다. 이 쾌감 뒤에 찾아드는 한없는 이완 상태는 그 무엇에도 비길 수 없었다. 아마도 어느 다른 하늘 아래 존재할 머나먼 잠의 나라에서는 가능할지 모르지만……

날카로운 부리의 독수리도, 뇌성벽력도 필요 없었다. 이 밤은 이 둘을 모두 품고 있었다.

저놈에게 덤벼들어라, 덤벼들어라! 그는 한결 누그러진 기분으로 자리에서 일어나 홀을 나섰다.

3

꿈자리가 뒤숭숭했다. 눈을 떴을 때 그는 아직 잠에서 덜 깬 상태였다. 불가능한 무언가로 인해 짓눌리는 듯한 기분이었다. 꿈속에서 그는 어떻게든 하소베우에게 응징을 가하고 싶었다. 하지만 몸이 얼음처럼 차가운 데다 총알이 관자놀이를 관통하여 생긴 상처 때문에 꼼짝도 할 수 없었다. 마치 그림으로 그린 듯한 상처는 실제보다 더 생생하게 느껴졌다. 동트기 직전에 꾼 두 번째 꿈에서 그는 회교사원의 첨탑 포치 아래 오랜 관습에 따라 몸을 씻고 있었다. 순간, 갑자기 한 가지 의문에 사로잡혔다. 나 말고 이 일을 할 다른 사람을 찾아낼 수는 없었을까? 그때 그를 지켜보고 있던 한 집시 여자가 그에게 말했다. "화내지 마세요. 당신 부친의 가문에선 자자손손 이어져내려오는 관습이니까요." 이 말에 "그건 망명자들의 언론이 꾸며낸 중상모략이오!"라고 응수하려 했지만 말이 되어 나오지 않았다.

아침에 그는 이 황당한 꿈의 몇몇 파편을 다시 기억해내곤 기분이 우울해졌다. 만일 어머니가 아직 살아 계셨더라면 따끔하게 훈계를 주었을 것이다. 네가 이슬람 의식을 금지시킨 뒤로 그런 악몽에 시달리는 거라고.

여느 때처럼 아내가 아침 식탁에서 그를 기다리고 있었다. 아내와 눈길이 마주치는 순간 그는 하소베우 편에서 아무런 새 소식이 없음을 알았다.

독사 같은 놈! 거세된 염소 새끼 같으니라고! 그는 이렇게 속으로 외쳤다.

커피를 홀짝이면서도 그는 가슴속이 패는 느낌과 함께 무언가 영원히 더럽혀졌다는 상실감에 휩싸여 있었다.

"그자가 그러리라곤 생각도 못 했어." 그가 말했다.

전날 그를 사로잡았던 도취감 대신 막연한 불안감이 파고들었다.

아내가 시계를 들여다보았다.

그는 고개를 저었다. 이미 엎질러진 물이니 돌이킬 수도 없게 되었지. 기다리게. 내가 누군지 곧 알게 될 거야! 그는 이렇게 중얼거리며 식탁을 떠났다.

한 시간 뒤, 그는 회의장으로 들어서며 스스로 확신했다. 자신에게 맞서 어느 누구도 하소베우만큼 지독한 배신 행위를 하지는 않았다는 것을. 하소베우는 자신에 대한 경멸을 만천하에 드러낸 셈이다. 당신들은 내가 회의의 전후반 사이에 낀 밤 동안 자살하리라고 기대했소? 그렇게 함으로써 카노 즈비라나 오메르 셰이난, 혹은 후계자로 이어지는 의식의 명맥을 내가 이어가리라고 믿었던 거요?

하소베우는 전날과 마찬가지로 좀 떨어진 곳에 창백한 안색으로 앉아 있었다. 자신의 도전적인 행동에 스스로 매료당한 듯한 모습이었다.

지도자 동지는 그가 티라너 북부 어느 물가에서 총살당해 매장도 되지 않은 채 시신이 버려지는 장면을 상상했다. 그렇다고 안심이 되는 건 아니었다. 하소베우는 이승을 하직하기 전에 해악을 퍼뜨리고야 말 것이다. 과도적인 밤, 즉 이 용감한 검은 털 짐승도 결국 그와 맞선 싸움에서 나가떨어지고 말 테지. 어쩌면 그게 하소베우가 떠맡은 최후의 사명인지도 몰랐다.

어쩌면 내가 잘못한 건지도 모른다. 지도자 동지는 권태와 짜증 섞인 심정이 되었다. 이 짐승을 너무 혹사시켜서는 안 되었는데 말이다. 녀석은 공포스런 존재임이 분명하지만 동시에 다치기 쉬운 연약한 존재인 것도 사실이었다.

홀 안의 침묵으로 미루어 모두 그가 입을 열기를 기다리고 있었다.

"하소베우 동지가 발언할 차례요." 그가 둔탁한 목소리로 말했다.

하소베우는 마이크 앞에 오래 머무르지 않았다. 불만의 웅성 거림이 일자 지도자 동지도 역정을 누르지 못하고 끼어들었다.

"어제 자네한테 주의를 준 바 있네. 발뺌하지 말게, 하소베우! 이게 마지막 경고네."

그러고 나서 이 분쯤 지나 지도자 동지가 다시 그의 발언을 가로막았다.

"무슨 뜻인지 이해 못 하겠나? 이 버러지만도 못한 인간!"

지도자 동지는 숨통이 조이는 듯한 소리로 말했다. 곁에 있던 후계자가 얼른 그에게 물 컵을 내밀었다.

그는 찬물을 들이켠 뒤 말을 계속하려 했지만 극도로 흥분해서 목소리가 제대로 나오지 않았다.

경악한 회중은 돌처럼 굳어버렸다. 지도자 동지가 이처럼 노골적으로 분노를 드러내는 것은 여태 한 번도 본 일이 없었다. 나중에 그들 사이에서 이야기가 오간 바로는, 순간 초자연적 빛을 발하는 그의 눈을 보면서 지도자 동지가 시력을 회복한 게 아니냐고 생각한 이들도 많았다. 처음에 그들은 박수갈채를 보내려다가 곧 비탄의 침묵 속에 가라앉았고 다시 환희가 서서히 퍼져오는 것을 느꼈다. 우리의 수장이신 지도자 동지여, 당신의 괴로움을 우리에게도 나누어주소서! 그들은 마음속으로 기원했다. 마음이 편치 않으시더라도 이 배신자에 대해 당신이 알고 있는 것을 우리도 알게 하소서. 당신 손으로 지으신 독을 우리에게 먹이소서. 우리가 고통으로 키메라처럼 몸을 비틀면서 서로 물어뜯고 찢어발기는 모습을 지켜보소서. 그러다가 숨이 차올라 꼼짝 못 하게 되었을 때 당신의 발밑으로 기어와 죽음을 맞게 하소서.

피고석에 선 하소배우 역시 석상처럼 굳어 있었다. 무슨 말을 하려는지 턱이 움직거렸으나 곧 보이지 않는 바이스가 도로 입을 조여버렸다. 휘청거리는 다리를 가누기 위해 몸을 숙인 채 연단을 붙들고 서 있던 그의 입에서 간신히 몇 마디가 흘러나왔다. "전– 죄가– 없습니다!"

그는 연단과 한 몸이 되어 얼빠진 눈으로 자신을 향해 "반역자!" "죽여라!" 하고 외쳐대는 소리를 들었다. 곧 그를 당에서 제명시키는 데 찬성하는 손들이 올라가는 모습이 보였다.

여전히 멍한 상태에 있는 그의 귓전에 "퇴장시켜라!" 하는 소리가 와 닿았다. 잠시 후 그가 출구를 향해 걸어가는데 당 조직위원회 서기가 갑자기 길을 막아섰다. 그는 이 사람이 하는 말과 왼쪽 가슴으로 다가오는 손동작이 무엇을 의미하는지 좀처럼 이해할 수 없었다. 망연자실한 상태에서도 그는 상대방의 손톱이 아무리 날카로워도 맨손으로 자신의 심장을 꺼내갈 수는 없으리라는 점에 생각이 미쳤다. 그사이 상대방의 손가락은 그의 웃옷 속 가슴께로 미끄러져 들더니 안주머니에 들어 있던 당원증을 꺼냈다.

붉은 융단이 깔린 널찍한 계단 위를 굴러내려가는 발은 더이상 자신의 발처럼 느껴지지 않았다. 당원증을 압수당한 지금, 죽음의 문턱에 반쯤 들어선 것과 무엇이 다를까.

수많은 계단이 그의 발밑을 스쳐갔지만 여전히 계단은 끝도 없이 이어졌다. 그러자 그 끝에 마치 심연의 바닥처럼 아스라이 조그만 휴대품 보관소가 눈에 들어왔다. 거기서 일하는 직원들도 난쟁이처럼 희미해 보였다.

이윽고 그곳에 이르자 직원 한 명이 옷걸이에서 외투 하나를 벗겨 양손에 들고 다가왔다. 그의 얼굴에서는 일말의 적대감도 찾아볼 수 없었다. 두 사람은 한참 서로를 빤히 바라보았다. 남자의 눈은 공격성을 전혀 드러내지 않았으며 오히려 암시적인 여러 의미들로 반짝였다. 하소베우가 외투 입는 것을 도와주는 손길에서도 전과 다름없는 존경심이 느껴졌다.

저 위에 있는 사람들도 이 사실을 알까? 그는 마음속으로 이렇게 물었다. 그러나 이 물음이 무엇을 의미하는지 그 자신도 잘 이해할 수 없었다. 이런 의문이 다른 의문들과 뒤섞이며 머릿속이 혼란을 겪는 동안 직원이 그의 귀에 대고 속삭였다. "냉정을 되찾으십시오, 각하!"

남자의 손은 욱신거리는 하소베우의 등을 쓰다듬고 있었다. 여러 해에 걸쳐 쌓아온 충성과 헌신이 이 손길에서 고스란히 전해져왔다.

순간 어떤 생각이 섬광보다도 빠르게 머리를 스치고 지나갔다. 방금 저 위에서 지도자 동지가 그에게 터뜨린 분노가 전혀 근거 없는 것은 아니라는 것. 하소베우 자신은 원하지도, 또 미처 생각지도 못한 사이에 어쩌면 오래전부터 음모의 앞잡이 역할을 맡아왔는지도 모른다는 깨달음이었다.

하소베우의 지지자들은 그를 향한 존경심을 더는 마음에 담아두지 못한 채 당장에라도 그를 프리여스라고 부를 태세였다.

안 돼! 그는 울부짖고 싶은 심정이었다. 당과 지도자 동지 모두가 그를 짓밟을지라도, 그가 당과 지도자 동지를 배신하는 일은 결단코 없을 것이다.

그럴 수는 없어! 그는 이 가증스런 외투에서 빠져나오려고 버둥거리면서 소리쳤다. 갑자기 한 가지 욕구가 머릿속을 가득 채웠다. 단숨에 계단을 달려 올라가서는 홀로 뛰어들어 진실을 알려야 했다. 다른 음모자들, 즉 내 지지자들이 아래층에 있고 그들은 진흙과 피로 얼룩진 긴 망토로 당신들을 덮치기 위해 거기서 기다리고 있다는 것을!

그는 이 음흉한 존경의 몸짓에서 어떻게든 벗어나려고 다시 어깨를 들썩였다. 그러자 곧 직원의 손이 그를 더 단단히 붙잡아 그는 마치 바이스 속에 물린 꼴이 되었다. 그때 이 장면을 눈으로 좇고 있던 직원의 동료가 그를 향해 몇 발짝 다가서더니 날렵한 동작으로 수갑을 꺼내들었다.

4

아드리안 하소베우의 몰락을 두고 티라너 사람들은 멸시보다는 오히려 무관심한 태도를 드러냈다.

하소베우가 실각했다는 소식을 듣는 순간, 주민들은 마치 졸다 깨어난 사람들처럼 후계자의 운명과 함께 그의 운명 또한 오래전부터 예정되어 있었다는 사실을 기억해냈다. 둘 사이에 한 가지 차이점이 있긴 했다. 후계자의 경우에는 사람들이 그의 몰락을 가을 한철 지켜보았다면 하소베우의 몰락은 한 해 전부터 예견되어 있었다. 어쩌면 육 년, 아니 그보다 더 긴 세월인 십육 년 전부터이거나, 그가 시구리미의 책임자로 임명된 이십 년 전에 정해진 일일 수도 있었다. 실각의 원인은 자명했다. 하소베우는 당의 비밀을 자유롭게 접할 수 있었다는 것이다.

티라너 형무소에서 곧 소식이 들려왔다. 하소베우는 형무소에 도착하는 즉시 혀가 잘렸다. 그것만으로도 이 비밀이 어떤 위험을 내포하는지 증명이 되고도 남았다. 감옥의 사방 벽에서 울리는 울부짖음으로도 새어나가서는 안 되었던 것이다.

하소베우의 혀가 잘림으로써 생겨난 침묵의 자리를 서둘러 메우기라도 할 것처럼 그후 수도 티라너에서는 소문이 끊이지 않고 나돌았다. 그런데 놀랍게도 이 소문은 곧 하소베우를 떠나 후계자에게로 다시 초점이 맞추어지는가 싶더니 후계자를 둘러싼 풀리지 않는 수수께끼가 사람들의 머릿속을 온통 점령하고 말았다.

후계자에 관한 이 수수께끼가 결국 승자로 부상하리라는 것을 그들은 알고 있었다. 이 불행한 인간이 생전에 누릴 수 없었던 최고 영예의 자리, 최근 사람들의 입에 오르내리기 시작한 '넘버원'의 자리를 이 수수께끼가 차지하고 만 것이다.

오래전에 버려져 한 줄기 빛도 새어나오지 않은 채 어둠 속에 잠겨 있는 그의 저택이 중앙 대로를 따라 늘어선 잎 무성한 나무들 사이로 어렴풋이 모습을 드러냈다. 지나가던 사람들, 특히 국립극장에서 저속한 웃음과 고상한 감정 가득 찬 어떤 자기만족적 연극을 관람하고서 한밤중에 귀가하는 사람들은 세상 무엇과도 비교할 수 없는 공포의 전율에 휩싸이곤 했다. 이 버려진 저택에서 '유럽'이 시작되었노라고 떠벌린 이는 아마도 그 연극을 보고 나온 관객들 중 한 사람이었을 것이다. 몇 시간 뒤 한밤중에 소환되어 설명을 요구받게 된 것도 이런 불온한 사상 때문이었으리라. 그는 바로 이 저택에서 음모, 다시 말해 알바니아의 재난과 파멸이 시작되었다고 말하려던 것뿐이라고 변명하면서 처음에는 대답을 피해가려고 했다. 그러나 고문을 당한 지 사흘째 되는 날, 그는 자백하고야 말았다. 자신은 사회주의 리얼리즘에 반대하며, 실은 이 체제를 경멸해서 급기야 이런 비뚤어진 생각을 갖게 되었고, 만일 자기한테 힘이 있다면 후계자의 엘리자베스 시대풍 저택과 전혀 경쟁이 되지 않는 국립극장의 문을 닫게 했을 것이라고. 그의 생각에 알바니아에서 유럽의 성이나 바로크식 궁전과 다소라도 닮은 유일한 건물은 후계자의 저택이었다……

실제로 이 음산한 저택은 사람들의 마음에 온갖 들뜬 감정과 광적인 상상력을 불러일으켰다. 12월의 그날 밤 이 저택의 안팎에서 고인과 그의 아내와 하소베우가 지칠 줄 모르고 맴을 돌았던 것이다. 그들은 서로에게 신호를 보냈고 무언극에서처럼 그 신호를 해석하려 했지만 어떤 점을 두고 합의를 보지 못한 것 같았다. 그들이 신호를 보내기 위해 사용한 초롱의 불빛이 어쩌면 번갯불 때문에 흐려져서, 저택 안에서 밖으로, 밖에서 안으로 보낸 신호가 전달되지 않았을 수도 있다.

이 망령 같은 그림자들의 선회에, 티라너 정신병원의 한 환자가 갑자기 제4의 인물로 등장했다. 그는 바로 건축가였다. 망상성 헛소리에 익숙해질 만큼 익숙한 의사였지만 처음 그의 말을 들었을 때에는 벌어진 입이 다물어지지 않았다. 창백한 손을 지닌 예술가가 무엇 하러 이 불가해한 혼돈 속으로 뛰어든 것일까? 사물 하나하나를 섬세하게 감싸 안는 윤곽에 생명을 부여하기 위해 연필을 집어들 때에만 활기를 띠는 그 손이 말이다.

의사의 처음 반응은 그러했다. 하지만 기만적인 문과 표징이 곳곳에 배치된 이 불가사의한 저택에서 뭔가 일이 일어나고 완수되려면 건축가의 놀라운 개입이 불가피하지 않겠는가. 곰곰이 생각해볼수록 수긍이 가는 일이었다.

어쨌거나 겨울의 문턱으로 들어서면서 후계자의 몰락에 대한 진상과 그의 생명줄을 끊어놓은, 자신 혹은 타인의 손에 대한 의문이 어느 때보다 기승을 부리며 사람들을 물고 늘어졌다.

한동안 자취를 감추었던 영매들이 예상대로 다시 모습을 드러냈다. 그중에서도 가장 끈질긴 자는 아이슬란드 영매로, 그는 저승의 거주자와 또 한 차례 접신에 성공했다. 이번에도 그전처럼 거칠고 무시무시한 숨결과 함께 그가 들려준 이야기는 한없이 우울했다. 이 저승의 거주자는 잃어버린 무언가를 두고 한탄

했는데, 그것은 자기 신체의 일부이거나, 아니면 권한의 일부로 해석될 수 있었다.

결국 이 영매가 말하는 '눈〔雪〕의 장막'을 뚫고 나타나는 두 여자의 존재를 제외한 그 밖의 모든 것은 해석이 불가능해 보였다. 무엇보다 이해하기 어려운 것은 후계자와 두 여자의 관계였다. 이같은 혼돈 상황은 물론, 두 여자와 고인 간에 오간 비난과 욕설 또한 설명하기 쉽지 않았을뿐더러 불가능한 것이기도 했다. 이는 그전처럼 분명 탄원 비슷한 것이었지만 동시에 어떤 명령이나 노호 같기도 했다. 거기서는 누군가의 죽음이 요구되고 있었다. 그렇다면 누구의 죽음이었을까? 또 누구한테 요구한 것이었을까?

남편의 정부를 없애고 싶어하는 아내들, 혹은 그 반대되는 얽히고설킨 터무니없는 이야기들. 다른 상황에서라면 이런 말을 듣고 비웃음을 흘렸을 테지만, 주말이 되자 사람들도 지친 나머지 도무지 웃고 싶은 심정이 아니었다. 되풀이되는 이야기에 심드렁해진 두 분석가 중 한 명은 이미 사람들이 알고 있는 두 가지 가정에 또다른 가정을 덧붙였다. 즉, 대서양 조약을 남동부 유럽으로 확대시키려는 의도라는 첫번째 가정과 이번에는 알바니아 해안 지대의 해저에서 새로운 유전이 발견되었다는 두번째 가정 외에도 아이슬란드 영매가 내놓은 가정을 배제할 수 없다는 것이었다. 요컨대 12월 13일 밤의 그 수수께끼 같은 사건에는 이 집안의 가족 가운데 한 사람이 연루되어 있다는 가정이었다.

** 제6장 **

건축가

이른 봄 어느 날 아침, 이 불가사의한 죽음의 수수께끼를 풀기 위해 도시 전체가 헛된 수고를 거듭하고 있던 그 무렵, 3월 1일 그날 아침, 살인자가 바로 나라는 사실을 아내에게 고백했을 때 그 가엾은 여자는 틀림없이 내가 미쳐버린 거라고 생각했을 것이다.

　　잠에서 깨어났을 때 나는 아내의 뺨을 타고 흘러내린 눈물 자국을 보았다. 그러나 그날 혹은 그 이후로도, 심지어 지금 이 순간에도, 내 이름은 12월 13일 밤 그 저주받은 저녁에 저택 주위를 배회하던 그림자들의 명단에 끼지 않았다. 아내도 나도 더는 그 이야기를 꺼내지 않았다.

　　가끔씩 우리 두 사람이 사랑을 나누기 직전, 불가능한 것이 손에 잡힐 듯한 그런 순간에 나는 아내의 시선에서 작은 섬광처럼 반득이는 호기심의 빛을 읽었다. 그러면 나는 아내가 "그날 당신이 그런 얼토당토않은 이야기를 꺼내게 된 동기가 뭐죠?"라고 물어오기를 기다렸다. 하지만 그녀는 침묵을 지켰다. 아마도 그런 질문을 함으로써 그 터무니없는 이야기가 되살아날까 저어해서였을 것이다.

어느 날 저녁, 나는 마음속에 담아둔 것들을 털어놓고 싶은 욕구에 못 이겨 내 편에서 먼저 말을 꺼냈다. "당신도 기억하겠지. 그날 내가 당신한테…… 그건 나라고…… 그래, 그건 나라고 털어놓았던……" 그러자 그녀는 내가 하던 말을 미처 매듭짓기도 전에 내 입술에 손바닥을 갖다댔다. 순간, 그녀의 얼굴에 어린 형언할 길 없는 고통과 애원의 표정을 보면서 다시는 이런 유혹에 굴복하지 않겠노라고 맹세했다.

그 이후로 나는 모든 것을 혼자 속으로만 곱씹을 수밖에 없는 처지가 되었다. 여러 의문과 추측, 아내나 다른 사람들의 뇌리에 싹트는 일체의 의혹들.

이따금 나는 아내를 원망했다. 물론 아내는 내가 살인자임을 믿지 않을 권리가 있다. 하지만 그녀라면 다른 누구보다 내 범죄를 간파하기에 유리한 입장이 아닌가. 후계자로 인해 내가 겪어야 했던 수모와 그를 향한 나의 분노, 갑작스런 복수의 욕구……

그녀는 이런 사정을 알고 있는 유일한 인물이니까.

이 모든 일은 개축 공사 프로젝트의 출범을 기념하는 오찬 파티에 참석하기 위해 처음이자 마지막으로 후계자의 집에 초대되어 갔을 때 일어났다. 나와 후계자의 아들이 주거니 받거니 내뱉은 농담 가운데 무엇이 집주인의 기분을 상하게 했는지 나로서는 기억나지 않지만 술기운이 머리끝까지 올라 있던 우리의 입에서 아마도 건방진 몇 마디가 흘러나왔던 모양이다. 후계자는 차가운 눈으로 나를 쏘아보더니 이렇게 응수했다. 우리처럼 자유주의 사상을 가진 작자들에게는 때로 졸업장을 따기 위한 노력보다 협동조합의 외양간이 더 유익할 수 있다고.

술이 확 깨는 것 같았다. 모욕감이 뼛속 깊이 사무쳤다. 곧 내 손끝에서 미(美)를 부여받게 될 이 집의 지붕 아래에서 건축가인 나를 협박하다니! 협동조합에서 소들의 거름 속에나 빠져 있으라고? 집으로 돌아오는 동안 모욕감은 분노로 변해갔다. 마치 우연히 내 몸속에 자리한 가지각색의 유령들이 풀어놓은 듯, 일찍이 경험한 바 없는 뜨거운 분노였다.

라나의 둑길을 따라 걷는 내내 나는 숨을 쉬기조차 힘들었다. 이 격한 감정은 진정은커녕 점점 악화되어 맹목적이고도 위험한 성격을 띠면서 이미 복수를 갈망하고 있었다.

그리하여 더이상 나 자신을 알아보지 못할 지경이 되어 있었다. 나는 분명히 급작스런 광기의 손아귀에 붙잡혔던 것이다. 내 감정은 단지 식탁에서 모욕당한 손님의 노여움에 그치지 않고 훨씬 치명적인 원한이 되어 또다시 내 정신을 사로잡았다. 일찍이 존재했던 건축가들의 원한이 일제히 몰려와 내 가슴을 옥죄었다. 지금부터 사천 년 전 피라미드 근방에서 행해진, 손목을 자르고 눈알을 뽑는 잔혹한 형벌. 런던 타워의 지하 독방에서 새어나오던 비명들. 그 끔찍한 미로를 생각해낸 미노스의 신음 소리. 아트레우스 궁과 차우세스쿠의 궁을 향한 탄원의 외침들……

천 년을 군림해온 오랜 관습법이 막 폐기되어버린 이 땅에서 너나없이 복수를 외쳐대고 있었다. 나의 전임자들은 자신들과 불행을 함께하는 까마득한 후손인 내게 복수를 기대했다. 그들의 억울함을 풀기 위해 필요한 무기도, 용기도 지니지 않은 이 인간에게 말이다.

그렇다면 가능한 한 형편없는 모양새로 건물을 개축해놓는 것 말고 내가 무슨 일을 할 수 있겠는가?

나는 이런 새로운 광기의 발작 앞에서 경악한 최초의 인간이었다.

소름끼치는 몰골의 저택…… 이처럼 천박한 방식의 보복극을 생각하니 웃음이 터져나올 것 같았지만 어찌 된 일인지 나는 곧 울음을 터뜨리고 싶은 심정이 되었다. 집 안에 들어선 순간, 나를 보는 아내의 얼굴이 창백해졌다. 내가 방금 전에 일어난 일을 털어놓는 동안 그녀는 자꾸 "그게 무슨 말이죠?" 하고 되묻기만 했다. 언제나 그렇듯, 그녀는 최악의 상황을 상상하며 더러운 촌구석에 버려진 우리 두 사람의 모습을 눈앞에 그려보고 있었다. 그곳에서 나는 두엄을 모으고 그녀는 염소의 젖을 짜리라.

이런 일이 있은 뒤에는 항상 그러하듯, 우리는 이 모두를 침실에서 마무리했다. 침대 위에서 우리 둘은 저주받은 내 전임자들보다 더 큰 신음 소리를 내질렀다.

잠시 후, 우리는 커피를 마시며 서로의 마음을 어루만졌다. "당신, 그 사람의 집을 망가뜨리려는 속셈인 거죠, 그렇죠?" 그녀는 마음껏 웃지는 못한 채 이렇게 물었다. 나는 더이상 그 일로 날 귀찮게 하지 말아달라고 그녀에게 간청했다. 그리고 예정대로 내게 일이 맡겨진다면 이 집을 알바니아에서 가장 아름다운 저택으로 만들겠다고 약속했다. 내게 그 일이 허락된다면, 내가 그 일을 하도록 내버려만 둔다면…… 나는 이 말을 자꾸 되풀이했다.

불안 속에서 한 주를 보낸 뒤, 마침내 관저 담당 부서로부터 연락이 왔다. 예정대로 일이 진행될 거라는 소식이었다.

나는 죽었다가 살아난 사람의 심정이었다. 새벽이 오기를 애타게 기다렸다가 마침내 작업실로 향했다. 규격, 곡선, 스케치…… 이들이 내 손 안으로 들어오고 싶어 안달하는 것만 같았다. 그런데 한순간, 어떤 내적 조화의 힘이 이 모든 것을 하나로 만들었다. 마치 밤사이, 내가 잠든 동안 자기들끼리 느긋하게 깨어나 서로를 돌보고 완성시킨 듯한 느낌이 들 정도였다. 꼬박 이틀이 걸린 작업이었다. 두 조수도 놀라움을 금치 못했다. "걸작이다!"라고 그들은 소곤댔지만 그것이 아첨으로 들릴까봐 주저할 필요는 없었다. 오후에 함께 커피를 마시는 내내 우리는 침묵을 지켰지만, 그 순간에도 우리의 생각은 오롯이 현재 진행중인 프로젝트로만 모아지고 있었다.

그러던 어느 날 오후, 감동으로 떨리는 정적 속에서 나는 하마터면 "천치 같으니라고!" 하고 소리를 칠 뻔했다. 나를 바라보는 조수들의 표정으로 미루어 짐작이 갔지만 내 아내를 몹시도 짜증나게 했던 그 바보 같은 웃음을 내가 짓고 있다는 것을. 내가 어떤 비밀을 감추거나 무언가를 가장하려 할 때 그런 웃음을 짓는다는 것을 아내는 알고 있었다. 개축 공사 프로젝트를 엉망으로 만들고 싶다는 욕구에 사로잡혔던 그 잠깐 동안의 어리석은 증오의 발작을 떠올리자니 갑자기 웃음이 터져나올 것만 같았다. 어쩌면 더 생각할 것도 없이 자연스럽게 그렇게 작업할 마음을 먹고 있었는지도 모른다. 그런데 돌연히 일식 때처럼 무언가가 뒤흔들리기 시작했다. 얼음처럼 차가운 대기 속 아주 먼 어딘가에서 전해오는 한 생각이 순식간에 나를 휘감았다. 다른 모든 영역에서처럼 건축에서도 치명적인 것은 추(醜)가 아니라 오히려 그 반대인 미(美)였던 것이다……

왕의 여섯 마리 종마가……

갑자기 옛날 옛적의 한 사건을 들려주던 헝가리인 교수의 음성이 귓가에 쟁쟁했다. 가신 하나가 소유한 화려한 성을 두고 시샘했던 어느 프랑스 왕에 대한 이야기였다. 한밤중에 전속력으로 달린 왕의 여섯 마리 종마…… 이십오 년 전에 들은 이야기가 마치 어제 일처럼 또렷했다. 나는 부다페스트 건축학회의, 찜통처럼 더운 홀 안을 마비시킨 것과 비슷한 무력감에 빠져들었다. 이 가신은 감히 왕의 궁전보다 더 아름다운 성을 지을 계획을 세웠을 뿐 아니라 낙성식에 왕을 초대한 것이다.

전속력으로 달린 *Kiralyi hatos fogat*[*]……

이야기를 머릿속에서 떨쳐내려 했지만 허사였다.

자정이 지난 새벽 세시경, 분노로 얼굴이 일그러진 왕과 그의 수행원이 파리를 향해 전속력으로 질주했다.

"어디가 편찮으신가요?" 내 조수들 가운데 한 명이 물었다.

---

[*] 헝가리어로 '왕의 여섯 마리 종마'라는 뜻.

내가 어떤 몸짓으로 대꾸했는지 지금은 기억 나지 않는다. 하지만 이 이야기에서 대가를 치른 건 그 건방진 가신이지 건축가가 아니었다는 데 생각이 미치자 마음이 차츰 진정되었다. 그렇다. 감히 왕과 겨루어볼 불순한 마음을 품음으로써 벌을 받았던 건 바로 지금의 후계자에 해당하는 가신이었다……

커피를 두 잔째 홀짝이면서 나는 이 이야기가 갑자기 떠오른 게 그저 우연만은 아닐 거라고 확신했다. 빛줄기에 의해 갑자기 드러난 구름먼지처럼 내 머릿속에서는 하다 만 말들의 조각과 회피하는 듯한 시선, 당혹스런 침묵이 뭉게뭉게 피어올랐다. 정말 근사한 외관이 되어가는군, 이 저택은…… 믿을 수 없을 만큼 아름다운데…… 어쩌면…… 더 아름다운지도…… 그러니까……

무성한 나뭇잎들 위로 램프의 불빛이 달리는 동안 왕의 여섯 마리 말은 파리를 향해 점점 다가갔다. 그리고 마차 안에서, 칠흑보다 어두운 그곳에서 왕은 이 가신에 대한 복수를 끊임없이 되뇌고 있었다.

*Khaany mori zurgaan.** 나는 혼자서 교수의 말을, 이번에는 헝가리어가 아닌 몽골어로 중얼거렸다. 이것은 갑작스레 학생들

---

* 몽골어로 '왕의 여섯 마리 종마'라는 뜻.

사이에서 떠돌게 된 농담, 즉 어떤 논리도 따르지 않기에 훨씬 쉽게 퍼져나가는 그런 농담 가운데 하나였다. 이 농담의 출발점은 수업이 끝난 직후 우리가 점심을 먹으러 구내식당에 들어섰을 때였다. 슬로바키아 학생 얀이 교수의 목소리를 흉내 내면서 멀리 웨이트리스를 향해 소리쳤다. "여기, 왕의 여섯 마리 종마에다 으깬 감자 요리요!" 이 말에 우리 모두 웃음을 터뜨렸고 웃음은 곧 환호와 갈채로 바뀌었다. 평소에 몹시 수줍음을 타던 몽골 학생 콩이 잇달아 외쳤던 것이다. "저도요, 왕의 여섯 마리 종마에다……" 모두들 웃고 떠드는 사이 돌이킬 수 없는 일이 일어나고야 말았다. 우리는 이 몽골 학생에게 같은 말을 몽골어로 옮겨보도록 부탁한 것이다. 이리하여 그 무렵 건축학교에서 유행하던 그 문장이, 해괴하게도 *Khaany mori zurgaan*이라는 몽골어로 남게 된 것이다.

"바람 좀 쐬고 오면 어떨까요?" 두 조수 중 하나가 조심스레 물었다.

산책을 하는 동안 나는 심기가 점점 더 불편해지는 것을 느꼈다. 어서 돌아가 설계도를 다시 한번 보아야겠다는 생각에 조바심이 났다.

이번에는 설계도 위로 불길한 빛이 드리우는 것 같았다.

그때는 시대가 달랐지. 변덕스런 왕과 경솔한 봉신이 숱하게

우글대던 시대였어. 이렇게 생각하며 나는 스스로를 안심시키려 했다. 그러자 내면의 또다른 목소리가 고개를 쳐들고 반론을 폈다. 체제는 변하지. 관습이나 교회의 건축 양식이 변하듯. 하지만 세월이 가도 범죄는 그대로야. 게다가 범죄의 제일가는 동기인 질투, 우리가 곧잘 소홀히 넘기곤 하는 이 감정은 시들해지기는커녕 점점 더 음흉해지지.

나는 설계도에서 눈을 뗄 줄 몰랐다. 살인이 그런 각도에서 고려될 수 있다고는 한 번도 생각지 못한 일이었다. 제도 자와 연필을 손에 쥐는 순간 마치 범죄에 사용될 비수를 잡는 듯한 느낌이었다. 치명적인 결과를 피해갈지 말지는 아직 네 손에 달렸다고, 나는 간간이 나 자신을 타일렀다. 이 칼날들을 외과용 메스와 같은 구원의 도구로 만들 수도 있다고.

그렇다. 나는 그런 생각을 하고 있었다…… 이 설계도에 손질을 가하기만 하면 되었다. 균형을 깨고 내적 조화를 해치기. 다시 말해 건물의 청사진을 흉하게 일그러뜨리면 되었다.

특히 야밤에 이런 사념(邪念)이 몰려왔다. 내 스스로 명명한 대로 그건 자비의 시간이었다. 주저하지 말고 한 생명, 나아가 한 가족을 구하거라. 어쩌면 수많은 다른 목숨을 구하게 될지도 모르는 일이다!

그러고 나면 내 결정은 이미 내려진 것 같았다. 그러나 아침이 되면 다른 방식의 사악한 추론이 머리를 쳐들고 전날의 결심을 단번에 제압해버렸다. 예술적인 미는 동정심 따위에 아랑곳하지 않는 듯싶었으니 말이다. 뿐만 아니라 이 미는 죽음의 반대 세력보다는 죽음 자체와 더 기꺼이 어울리려 했다.

나는 거듭 스스로를 안심시키고자 애썼다. 그 이야기는 이미 3세기 전의 일이었다. 지금과는 아주 다른 시대로, 사유재산이 인정되었고 법도 사뭇 달랐다. 그렇긴 해도 당시 프랑스 왕이 느꼈던 분노를 상상해보기는 그리 어렵지 않다. 이른 아침, 길의 먼지를 뒤집어쓴 채 봉신에게 죽음을 선고하는 내용의 칙령을 작성하는 그의 모습이 눈에 선했다. 곧이어 후계자를 향한 지도자 동지의 우울한 원한의 감정도 상상이 갔다. 그 자신이 아직 생존해 있는데 후계자는 그의 집 지척에다 감히 그가 사는 저택보다 더 아름다운 저택을 짓도록 한 것이다. 후계자가 죽고 나면 얼마나 큰 동상이 세워질지 짐작이 가고도 남았다.

이런 생각들로 현기증이 날 만큼 동요된 채 작업실로 돌아온 나는 설계도를 들여다보며 마침내 작업에 착수했다. 베란다를 없애고 두 기둥의 길이를 줄이자, 아름다움이 손상되기는커녕 설계가 보다 완벽한 경지에 이르게 되었다.

누군가 이런 나의 내면의 혼돈을 알고 있었다면 나를 쩨쩨한 인간으로 취급했을 것이다. 오래전 후계자의 집 오찬에서 겪은 수모를 어이없게도 이제 와서 되갚으려 한다고 생각할 테니 말이다.

하지만 내 영혼을 걸고 맹세하건대, 이 수모에 대한 기억은 내 마음속에서 사라진 지 오래였다. 당시 벌어지고 있던 일들을 그 무엇과 연관시켜도 상관없지만 정녕 이 사건만은 예외였다.

실제로 여기에는 전혀 다른 문제가 개입되어 있었다. 앞서 말한 사건보다 훨씬 더 은밀하고, 그로 인해 한층 고통스러운 문제였다. 이 지옥 같은 상황에 대해서는 내 생명이 다하는 날까지 아무한테도 이야기하지 않기로 다짐한 바 있다. 요컨대 나는 예술을 배반했고, 내가 겪는 고통도 그와 관련되어 있었다. 내 손으로 나의 재능을 억눌러버렸으니 말이다. 그것은 우리 모두가 한 행동이었다. 그리고 우리 중 대다수는 자신이 저지른 배신 행위에 대한 변명을 찾아냈다. 즉, 우리가 사는 시대 탓으로 책임을 전가하는 것이다.

바로 이것이 우리 스스로를 위로하는 공동의 핑곗거리, 연막, 반역 행위였다. 사회주의 리얼리즘이 엄연히 존재하며, 또한 법이 존재하지만 이 법은 공포정치에 가까운 것이었다. 그렇더라도 우리는 꿈속에서처럼 들쭉날쭉일지언정 거기서 몇몇 조화로운 선을 그을 수 있지 않았을까. 하지만 우리의 손은 나뭇조각처럼 무감각하기만 했다. 우리의 영혼이 결박되어 있었으니까.

내게는 과연 예술적 재능이 있는 걸까? 아마도 나는 예술가에게는 치명적인 질문을 스스로에게 제기한 몇 안 되는 사람들 가운데 하나였을 것이다. 내 사지가 마비된 것은 시대 탓이었을까? 아니면 그런 마비 상태에 있었기 때문에 내가 시대에 상관없이 빈둥댈 수밖에 없었던 것일까? 자본주의, 봉건주의, 이교의 종말과 기독교의 대두, 혈거 시대, 종교재판 시대, 후기 인상파 시대…… 이 모든 시대를 막론하고 말이다. 그 어떤 시대를 산다 할지라도 비탄에 잠겨 이렇게 절규하지 않았을까? 난 위대한 예술가다. 하지만 파라오 투트모세가 내 재능이 피어나는 걸 방해했지. 칼리굴라가, 매카시 상원의원이, 즈다노프가……

뒤숭숭한 오후의 끝 무렵에 나는 아내에게 내 마음을 털어놓았다. 아내는 눈물을 글썽이며 대답했다. "당신한테 이런 고통이 닥치다니, 그건 당신이 다른 사람들과 다르기 때문이에요."

아마 그럴지도 모르지…… 끝없이 펼쳐진 듯한 이 사막에 희망의 첫 싹을 틔운 건 다름아닌 아내였다.

후계자의 저택에서 열린 오찬에 참석한 날, 이미 나는 굴욕감과 동시에 아직은 분명치 않은 영광을 희미하게나마 예감했었다. 내가 모욕을 당한 건 사실이지만, 그래도 그것은 지배자의 식탁에서였다. 오래전 나의 유명한 선임자들이 네로와 중국 황제, 스탈린, 쿠빌라이 칸의 식탁에서 그랬듯이, 나 역시 좌천의 위협을 받았던 것이다.

처벌에 대한 공포가 진정되고 다시 작업실로 돌아왔을 때 내 손은 이런 집단 기억에 한층 압박감을 느끼기보다는 오히려 그 반대되는 상황이 벌어졌다. 내 머릿속에서 무언가 빗장이 풀리면서 나는 갑자기 무지개를 뛰어넘은 것 같은 해방감을 맛보았다. 무지개를 넘으면 남자아이가 여자아이가 되고 여자아이가 남자아이가 된다고 믿었던 어린 시절의 환상 그대로.

요컨대 지금까지와 다른 차원의 무언가를 통과한 듯한 기분이었다. 즉, 범용의 사막에서 탈출하는 것이다. 이것만이 내 마지막 구원의 길이었다.

개축 공사를 위한 설계도의 아름다움에 매료당한 나는 그 외의 일은 모두 잊고 말았다. 그리고 설계도를 관찰하면서 혼자 생각했다. 이것이 바로 공산당 지도자의 거처라고. 공유재산이 지배적인 국가에 존재하는 개인 저택. 절반은 과거 군주 정치 시대에, 나머지 절반은 오늘날에 이르러 축조된 자웅동체의 건물. 건물이 마치 아주 멀리에서 온 듯, 꿈꾸는 듯한 아름다움을 간직한 채 묘한 분위기를 풍기는 것도 바로 이 때문이었다.

그 와중에도 때때로 왕의 여섯 마리 종마가 예전과 마찬가지로 전속력으로 내 머릿속을 내닫곤 했다. 나는 거기서 신경을 끊고자 애썼다. 나의 예술만 돌보면 그만이었다. 나머지는 아무래도 좋았다. 나는 내 자신이 위험한 내기를 하고 있음을 충분히 이해했다.

나는 죽음으로 완수될 사원을 짓고 있음을 확신했다. 흔히 말하는 치명적인 아름다움을 위하여……

집주인과 그의 가족을 구하려거든 뒤로 물러나 범용에 무릎을 꿇으라고, 내면의 목소리가 나를 종용했다. 그러나 또다른 목소리가 들려왔다. 그들에 대해 상관하지 마. 예술이 너의 소명이고, 예술의 법칙에 넌 복종해야 해. 설령 너의 예술이 살인을 잉태할지라도 네 손은 변함없이 결백할 거야. 죽음의 비탄과 애도 없이는 예술도 없으니까. 예술이 음산한 위대함을 부여받는 것도 그 때문이야.

지하 통로에 대한 이야기를 들은 것도 거의 비슷한 시기였다. 처음에 나는 안도감을 느꼈다. 내 의도나 개축 공사와 상관없이 이미 살해 계획이 준비중에 있었던 것이다. 살인자들이 저택 내부로 잠입하려면 비밀 통로를 이용해야 한다고 누군가 생각했겠지만 나의 설계도와는 완전히 무관한 것이었다. 그것은 내가 아닌 다른 누군가의 생각이었다.

안도감은 잠시밖에 지속되지 못했다. 얼마 안 가 나는 이 소문을 내게 전한 사람이 후계자의 아들이었다는 사실을 떠올렸다. 어쩌면 소문은 그의 상상력의 산물로서, 두 지도자 간의 기묘한 관계를 지나치게 파고들어서 생겨난 것인지도 몰랐다. 실제로 그가 이 관계에 대해 언급하는 방식은 기괴하기 짝이 없었다. 그것을 피의 유대로 보는가 하면, 이 지하 통로를 탯줄에 비유하기도 했다.

그런데 이런 엉뚱한 암시가 분방한 상상력이 지어낸 열매라 해도 나의 설계도와 무관할 수는 없었다. 또 이 암시가 설계도와 동시에 생겨난 것도 우연은 아니었다. 내가 그 소문과 아무리 거리를 두고자 해도 이 지하 통로는 이미 나의 설계도에 포함되어 있었다. 모든 것이 거기에서 유래했다. 나의 명령에 따라, 오직 내 명령에 의해서만 살인자들은 이 통로를 이용할 것이었다. *A parancsomra ök gyilkolhatnah……*[*] 내 명령에 따라 그들은 죽일 것이다……

이런 생각이 며칠이고 나의 뇌리를 떠나지 않았다. 거기에는 권태만큼이나 반복적인 무언가가 있었다. 나는 내 손 안에 한 가문 전체의 운명을 쥐고 있었다. 설계 도면에 손질을 가하기만 하면 된다. 그러면 살인자들은 통로 속에 웅크리고 앉은 채 수세기를 기다려야 하겠지. 안 그러면……

하루하루가 순식간에 지나가 작업은 마무리 단계에 와 있었

---

[*] 헝가리어 문장.

다. 건물 자체는 비계에 가려져 보이지 않았다. 이 비계가 해체되고 마침내 건물이 모습을 드러내기를 모두가 애타게 기다리고 있는 듯한 느낌이었다.

9월이 닥쳤고, 나뭇잎들이 소리 없이 떨어지기 시작했다. 비계는 약혼식이 있기 며칠 전 밤사이에 철거되었다. 사방이 침묵에 잠겨 있었다.

일요일 오후 약혼식 당일, 내가 저택에 발을 들여놓았을 때에는 초대받은 사람들 대부분이 도착해 있었다. 그곳에 흐르는 밝고 명랑하면서도 나른한 행복감이 뒤섞인 분위기는 내게는 낯설게 여겨졌다. 옅은 색 드레스를 입은 수잔나는 균형과 조화의 화신처럼 보였다.

축원의 말들이 사방에서 터져나왔다. 이 집에 온통 행복만이 가득하기를 기원합니다! 설계자가 누구죠? 아, 당신이 바로 설계자로군요. 축하합니다, 축하드려요. 정말 대단하군요!

샴페인을 두 잔째 마신 뒤 하마터면 나는 소리를 내지를 뻔했다. 뭐든 하고 싶은 말을 하시오. 이 집에 대한 언급만은 제외하고! 당신네들의 논평이 없어도 상관없으니, 제발 부탁하건대, 모르는 척해주시오! 라고.

하지만 너무 늦고 말았다. 살인자들은 이미 자신들의 지하 구역을 점령하고 건물의 토대보다 더 깊은 어둠 속에 잠복해 있었으니까. *A parancsot nem lehetett megtagadni*……[*] 명령은 취소될 수 없었다……

그런데 지도자 동지의 멍한 눈길에 시선이 닿는 순간, 내 머릿속에서 마지막 희망의 빛이 반짝였다. 지도자 동지가 아무리 감추려 해도 실명의 첫 조짐들이 명백히 드러나고 있었다. 그는 아무것도 보고 있지 않아. 이제 어떤 사물도 또렷이 분간할 수 없는 처지가 되어버린 거야. 나는 이렇게 생각했다. 비틀거리는 걸음걸이로 저택 주위를 서성대며 담벼락을 더듬는 그의 모습이 나도 모르게 머릿속에 그려졌다. 마치 맹인이 어떤 사물이나 사람의 모습을 추측해보려 할 때 그러듯이 말이다. 하지만 그렇게 손으로 더듬어서 미와 추를 분간하기란 불가능한 법이다.

실제로 나는 이런 생각에 잠겨 있었다. 그런데 지도자 동지의 곁에 선 그의 아내의 표정을 읽는 순간, 이 희망은 온데간데없이 사라졌다. 그녀의 찌푸린 듯한 냉소적인 눈은 모든 것을 하나하나 주의깊게 살피면서 세밀한 변화 하나도 놓치지 않았다. 그녀가 그의 눈이 되느니 차라리 지도자 동지 자신이 아직 볼 수 있는 편이 낫겠다고 나는 생각했다. 약혼식이 끝난 직후 지도자 동지와 그의 아내가 자리를 뜨고 나서 무슨 일이 있었는지는 나로

---

[*] 헝가리어 문장.

234

서는 전혀 아는 바가 없다.

Khaany mori zurgaan······ 그는 말도 마차도 필요 없었다. 지도자 동지의 저택과 후계자의 저택, 이 두 저택 사이는 그리 먼 길이 아니었으니까. 그래도 충분히 먼 길이기는 했다.

** 제7장 **

후계자

불가사의한 현상의 주인인 영매들이여. 그대들은 신비로운 세계와 그 세계로 가는 길을 알고 있다. 그러나 그대들에게 천 번 만 번 당부하노니, 제발 날 귀찮게 하지 말고 내버려두라! 설령 내가 원한다 해도 그대들이 찾는 것을 넘겨줄 수는 없다. 그것은 전달 가능한 게 아니다. 내 편에서 어떤 변덕을 부리거나 그대들이 무능해서가 아니라, 이것이 그 본질이기 때문이다.

나는 타자이다. 뿐만 아니라 불완전하다. 내게는 무덤도 없고 두개골의 반쪽도 없다. 여러 차례 사체가 파내지고, 이리저리 옮겨지고, 비닐봉지나 방수포 속에 아무렇게나 던져져 흙덩이와 자갈 사이에 버려지는 통에 몸의 일부가 상실되었다. 하지만 이건 그리 중요한 부분이 아니다. 설령 내 몸이 온전하게 방부 처리되어 대리석 무덤에 안치되었다 해도 그대들은 내게서 안개와 혼돈밖에는 끄집어내지 못할 것이다.

타자. 그렇다. 앞서 말한 것과는 다른 의미에서 나는 타자이다. 결코 소진되지 않는 무한한 이타성(異他性)이다. 이 이타성의 한 고리가 또다른 이타성을 낳고, 거기서 또다른 이타성이 태어나고, 그렇게 계속 이어지면서 우리 사이의 어떤 이해도 불가능하게 만든다.

나는 파스아르더스(Pasardhës), 즉 '나중에 오는 자'였다. 하지만 그것은 거리의 문제가 아니었다. 기념식 연단이나 강단을 향해 걸어갈 때 내가 지도자 동지의 뒤편에서 항상 유지해야 하는 두 걸음과 같은 의미가 아니다. 또 내가 그의 뒤를 이어 통치했을 기간을 암시하는 시간적인 문제도 아니다. 그렇다. 문제는 그보다 훨씬 복잡하다.

우리는 특수한 종을 형성하고 있으며 우리끼리만 서로를 이해한다. 그러나 우리는 수적으로 매우 열세여서, 그 위로 인간의 영혼들이 떠도는 이 세상의 불길한 동요 한복판에서 우리와 같은 무리와 마주치기가 어렵다. 천 년에 한 번, 어쩌면 만 년에 한 번 가능한 일인지도 모른다.

그리하여 어느 여름 밤, 혼자 떠도는 검게 탄 형체와 마주친 나는 순간적으로 그것이 마오쩌둥이 지명한 후계자 린뱌오(林

彪)*라고 믿었다. 하지만 그가 내 인사에 답례하지 않은 걸 보면 어쩌면 내가 착각한 것일 수도 있다. 아니면 그가 나를 알아보지 못했을 수도 있지. 나처럼 뇌의 한 쪽이라도 남아 있는 자라고 해서 새까맣게 탄 자보다 더 분간하기 쉬우리라 단정 지을 수는 없을 테니까.

나는 마오의 후계자와 몇 마디 대화를 나눌 기회를 놓쳐버린 게 못내 아쉬웠다. 우리는 각자가 지닌 수수께끼를 함께 이야기 하거나, 적어도 우리가 처한 운명을 두고 함께 탄식할 수 있었을 텐데! 이같이 절실한 욕구로 나는 고개를 돌려 살펴보았지만 넓디넓은 창공 속에서 그를 찾아내기란 불가능했다. 이천 년 혹은 일만이천 년 뒤에 그와 마주칠 기회가 다시 오리라 믿으며 스스로를 달랠 수밖에 없었다.

나와 같은 종인 그 사람에게라면 내게 닥친 일에 대해 이야기 할 수 있으리라. 하지만 그대들과는 어림도 없는 일이지. 우리 사이에 통용되는 언어와 달리, 우리 같은 족속과 당신네 족속이 서로 소통할 수 있는 언어는 아직 이승에서 발명되지 않았고 앞으로도 그럴 테니 말이다.

---

* 1907~1971. 1967년 문화대혁명에서 권력을 탈취한 뒤 마오쩌둥의 후계자가 된다. 그러나 1971년에 실각, 반(反)마오쩌둥 쿠데타 음모가 발각되어 소련으로 탈출, 비행기가 추락하여 사망했다.

어떤 주제에 대해서든 양자가 서로를 이해할 수 없는 것도 이 때문이다. 12월 13일 밤, 나를 덮쳤던 의혹들이 알바니아 체제가 바뀐 지금에도 여전히 남아 있는 것도 이 때문이다. 알바니아에 그같은 일이 일어나는 것보다는 차라리 하늘과 땅이 뒤바뀌는 편을 상상하는 게 더 쉬웠다. 그런데 그런 일이 일어나고 만 것이다. 그러나 이런 대변동에도 불구하고 나의 수수께끼, 아니 그보다는 나와 지도자 동지, 두 사람이 공유한 수수께끼는 여전히 풀리지 않은 채로 남아 있다. 보관된 자료를 열어보거나 때늦은 부검을 실시하거나 유골을 확인해보아도 소용없고, 알래스카나 크렘린, '저주받은 산들'*의 영매들이 들려준 말도 도움이 되지 않았다. 심지어 이스라엘 비밀 정보기관 모사드도 우리의 비밀을 감싸고 있는 방벽을 뚫을 수는 없었다.

세월이 가도 같은 의문이 계속 제기될 것이다. 12월 13일 밤 무슨 일이 일어났을까? 후계자가 몰락한 원인은 무엇이었나? 누가 방아쇠를 당겼지?

그날 밤…… 아, 뭐든 설명하기가 이렇게 힘들 줄이야! 우선 그날 밤에서부터 시작하자. 12월 13일 밤이라는 게 정말 존재했을까? 어려운 질문이다. 나는 침대에 누운 채 잠이 쏟아지는 것

---

* The Accursed Mountains. 코소보 난민들이 피난 온 알바니아 북부 산악지대를 일컫는 말.

을 느끼며 아내가 카모밀라 차를 한 잔 더 갖다주기를 기다리고 있었다. 아내는 가끔씩 창가로 다가가곤 했는데, 마치 창밖 어둠 속에서 무언가를 찾고 있는 것 같았다. 나는 반쯤 잠이 든 상태에서 이미 다음날 아침에 출두하기로 예정된 총회의 회의장에서 동일한 질문들에 대답하고 있는 내 자신의 모습을 보고 있었다. 몇 시간 뒤, 내 육체가 아닌 정신만이 참석하게 될 그 장소였다. 사람들은 마치 내가 아직 살아 있는 사람인 양 나에 대해 말했고, 지도자 동지는 오열을 참지 못하는 목소리로 선언했다. "친애하는 동지. 이 충격적인 사건을 겪고 난 뒤 그대는 다시 우리 품으로 돌아왔소. 그러니 다시 한번 당을 위해 없어서는 안 될 인물로 서주시오!"

내가 영안실에 있는 동안에도 그들은 마치 아무 일도 없었다는 듯, 12월 13일 밤은 처음부터 없었다는 듯이 행동했다. 대신 일련의 다른 사건들, 일종의 대체물이 끼어든 것 같았다. 전날과 다음날 간의 부자연스런 접착은 이 둘 사이에 시간이 흐르지 못하도록 가로막았다. 혹은 시간이 역류하도록 했다.

어느 누구라도 이런 역류를 이상하다 여겼을 것이다. 하지만 나는 그렇지 않았다. 이 역류는 그 본질에 있어서나 외적 양상에 있어서 내 존재의 일부였으니까.

나의 삶은 도저히 인간의 삶이라 할 수 없었다. 이런 경우를 두고 사람들은 보통 '개 같은 인생'이라고 말하지. 하지만 내 경우는 그보다 더 지독한 '후계자의 인생'이다. 나는 '나중에 오는 자'였다. 지도자의 자리에 오르기 위해 미리 지명된 자. 지도자 동지가 이 사실을 모두에게, 우선 자기 자신에게 상기시켰다. 언젠가 그는 더이상 그 자리에 없을 것이며, 반면에 나는 계속 존재할 것임을.

이런 생각을 하면서 공포에 질리는 날들도 있었다. 지도자 동지가 어떻게 이 사실을 견뎌낼 수 있는지 의아했다. 어떻게 그가 나의 존재를 참을 수 있는지, 또 이 협약을 받아들인 사람들을 참을 수 있었는지. 왜 그는 소리 높여 반항하지 않았던 걸까? 사태의 추이가 미리부터 그렇게 결정나버리는 법이 대체 어디 있느냐고. 왜 무덤과 연관되어 현재의 사건들이 방향지어지고 제어된단 말인가? 이 땅에서 기존 질서에 대항하다 죽은 이들이 그토록 드물다는 말인가? 왜 그의 경우, 아니 우리 두 사람의 경우에 이 질서가 그토록 중시되어야 하는 걸까?

불안으로 인한 긴장이 느슨해질 때면 그에게 측은한 마음이 일었다. 그의 인자함이 내 마음을 어루만져오면 나는 혼절할 것만 같았다. 당장에라도 그의 발 아래 몸을 던지고서 애원하고 싶었다. "프리여스, 다소라도 섭섭한 마음이 드신다면 내 직위를 박탈하소서. 그렇습니다. 이 직위를 환수하소서!"라고. 때로 난 한술 더 떠 마음속으로 그에게 말했다. "당신이 무엇을 원하는지 말씀하십시오. 우리 모두는 당신을 위해 희생할 준비가 되어 있습니다. 빈말이 아님을 증명할 기회를 주소서. 그리고 이 기회를 제게 가장 먼저 주소서. 죽음이 다가오는 임종의 시간에 이 치명적인 발걸음을 내딛도록 하소서. 또 제 직위와 육신을 떠날 때 당신을 위해 저 자신을 희생하며 죽음과 대면하게 하소서."

나는 나 자신의 진정성을 알고 있었다. 우리 두 사람이 저녁 식사 후 발코니에 남아 서성댔던 그 4월의 밤처럼, 어쩌면 필요 이상으로 말이다. 우리는 지난 사건들에 대해, 특히 몇몇 국가들과 맺고 있던 동맹 관계의 파기에 대해 이야기를 나누던 참이었다. 당시 우리는 중국과 반목하고 있었고, 지도자 동지는 깊은 숨을 들이쉰 뒤, 단숨에 내게 말했다. 마오쩌둥의 후계자인 린뱌오는 반역자가 아니었으며 고장난 비행기에서 탈출을 시도하다가 비행기와 함께 새까맣게 타버린 것은 더욱이 아니었다고. 사실은 마오가 그를 저녁 식사에 초대했고 식사가 끝나자 곧 그를 처치해버린 거라고.

얼마나 오랫동안 나는 넋이 나간 채 꼼짝도 하지 않았는지 모른다. 흐르는 순간순간이 견디기 힘들었다는 사실만 기억난다. 우리가 나눌 수 있는 어떤 주제의 대화도 이보다 더 위험해 보이지는 않았을 것이다. "알 수 없는 일이지요……" 나는 더 생각해보지도 않고서 이렇게 대답했다. 또 그것만으로는 충분하지 않다는 듯 계속 덧붙여 말했다. 마오의 후계자가 결백하다고 보기보다는 무슨 잘못을 범했을 것이라 믿는다고.

그는 감격한 눈빛으로 한참 동안이나 나를 바라보았다. 그런 다음 긴 의자에서 일어나 내게로 다가와서는 내 몸에 팔을 두르고 속삭였다. "자넨 가장 충직한 자, 누구보다 충성스런 자야!" 이렇게 말하는 동안 그의 가슴이 감동의 흐느낌으로 들썩였다. 그런데 눈물로 축축해진 그의 뺨이 내 뺨에 와 닿는 것을 느끼며 순간, 불쑥 떠오른 한 가지 의문에 가슴이 찢어질 듯 아팠다. 이흐느낌, 이 울음은 무엇을 의미하지? 내가 착각하고 있는 건 아닐까? 내가 한 말로 나 스스로 무덤을 판 건 아닐까? 내가 죽기도 전에 그가 앞당겨 애도의 눈물을 흘리는 건 아닐까?

그날 밤 나는 한잠도 이루지 못 했다. 그의 흐느낌과 눈물의 의미를 수없이 되새겨보았지만 내 진실성에 그가 감동한 거라는 한 가지 설명밖에 찾을 길이 없었다. 나는 내가 생각한 바를 그대로 말했을 뿐이었다. 그 중국인 후계자가 반역 행위를 저질렀을지 모른다는 나의 의심은 내 잠재의식 깊은 곳에 도사리고 있는 감정에 대한 무의식적 고백일 수 있음을 생각해보지도 않은 채 말이다. 아무튼 그렇게 나는 스스로를 안심시켰다. 그러나 곧 의구심이 머리를 쳐들었다. 내 진정성이 너무 지나쳤던 건 아닐까? 자승자박의 말을 내뱉은 건 아닌가? 나는 매일같이 나를 향한 그의 태도를 조심스레 살폈지만 그날 저녁 식사 이후로 사건에 대한 여파는 눈곱만큼도 내비치지 않았다. 그가 그날 일을 잊은 거라고 나는 추측했다. 여느 사람들처럼 그 역시 머리를 가볍게 할 필요가 있었을 거라고. 하지만 이 생각이 틀렸음을 얼마 안 가 나는 이해하게 될 터였다. 그는 아무것도 잊지 않았으니까.

그후 12월 13일 밤과 14일이라는 내 운명의 날이 닥치고 그가 시간의 흐름을 정지시켜버렸을 때, 시곗바늘을 뒤로 돌림으로써 그가 모든 것의 질서를 회복시켜놓았을 뿐임을 나는 갑작스레 이해했다. 그의 머릿속에서는 이 질서가 파괴되어 있었다. 옛이야기들이 종종 들려주듯, 아버지와 아들이 각자의 자리를 혼동하고 있었던 것이다.

내가 더이상 존재하지 않기에 들을 수도 없었던 연설을 그가 하는 동안 그는 오열로 목이 메는 듯했다. 4월의 그날, 저녁 식사 후에 그랬던 것처럼. 그날 아마도 그는 처음으로, 내가 또렷한 정신으로 스스로에게 사형 선고를 내렸다고 결론지었을 것이다.

대부분의 사람들에게는 지도자 동지의 이런 감상적 행동이

한낱 연극에 불과한 것으로 보였을지 모른다. 하지만 나는 그 누구보다 진실을 알기에 적합한 자리에 있었다. 지도자 동지의 그 오열은 절대적으로 진실된 것이었다. 다른 많은 사항들과 마찬가지로 이 점을 당신들이 이해하기는 어려울 것이다. 이 세상에서 그와 나, 우리 두 사람은 서로를 미워함과 동시에 사랑함을, 또 서로를 혐오함과 동시에 찬양함을 그대들이 깨닫기는 쉽지 않을 것이다. 특히 12월 14일 같은 날. 혹은 13일 밤과 같은 날에는 말이다.

아, 그날 밤에는……

설령 당신들이 내게 더이상 의문을 제기하지 않는다 해도 이 밤은 여전히 나의 비존재 대부분을 차지할 것이다. 밖에서는 번갯불이 번쩍였다. 다시 창가로 다가서는 아내를 보자 "당신, 무얼 찾고 있는 거지?"라고 묻고 싶어졌다. 창 저편에는 어둠과 황량함뿐이었다. 하지만 이 물음이 제대로 나오지 않았던 건, 그 사이 이미 난 수면 속으로 빠져들고 있었기 때문이다. 눈송이가 흩날리는 암담한 혼수상태라고나 할까. 그 속에서 게릴라 대원이었던 내 첫 약혼녀의 모습을 간신히 알아볼 수 있었다. 그녀 곁에는 내 경호원이 사십 년 전과 똑같은 모습으로 그곳에 서 있었다. 당시 산악지대에서 우리가 민족주의자인 적들의 추격을 받고 있었을 때, 고열에 시달리던 나는 그녀와 경호원에게 나를 없애달라고 애원했었다. 날 죽여달라고, 절대로 적의 손에 넘어가게 해서는 안 된다고…… 그들은 돌처럼 굳은 얼굴로 날 바라보았다. 열 때문에 두 사람은 환영처럼, 때로는 셋으로 보이다가 때로는 남자도 여자도 아닌 끔찍한 하나의 형상으로 합해지곤 했다.

아내가 창가를 떠나 내게로 다가오는 순간, 나는 그녀에게서 내 첫 약혼녀의 모습을 보았다. 나와 맺어질 수 없었던 그 여자의 모습을…… 그리고 사십 년 전처럼 그녀 곁에 나의 옛 경호원이 있었다. 두 사람은 말없이 다가왔는데, 다음 순간 경호원은 뒤에 남고 안개 속에서 그녀의 모습만 보였다. 그녀는 다시 이중 인간처럼 아내와 약혼녀의 모습을 동시에 띠는가 싶더니 내게 카모밀라 찻잔 대신 검은 총구를 들이댔다. 하지만 두렵다는 생각은 털끝만큼도 들지 않았다. 사십 년이 지나서야 그들이 마침내 내 소원을 들어주는구나, 하고 생각했다. 그리고 예전처럼, 나를 죽여달라고 마음속으로 외쳤다. 나를 그들의 손에 들어가게 하지 말아달라고! 그 순간 갑자기 완벽한 공허가 닥쳤다.

벌써 수년째 나는 바람이 부는 대로 정처 없이 이 공허 속을 부유하고 있다. 어딘가로 가고 있는 듯싶다가도 제자리에 머물러 있는 나 자신을 본다. 또 꼼짝 않고 있는 것 같다가도 알 수 없는 어딘가로 향하고 있음을 알게 된다. 바닥도 경계도 없는 이 공간은 게다가 절망스러울 만큼 광막하여 한 영혼이 다른 영혼과 마주치는 일도 매우 드물다. 그대들에게 누차 되풀이해 말했듯이 이 공허의 한복판에서 지도자 동지들처럼 충복들의 호위를 받는 우리 후계자들은 한 무리의 비참한 족속에 지나지 않는다.

그대들은 우리의 표징들을 해독해내려고, 또 이런저런 행동의 동기들을 이해하려고 헛되이 수고한다. 지도자 동지와 후계자인 우리, 이 둘은 한 몸에 지나지 않는다. 우리는 서로를 끌어안고 목을 조르며, 똑같은 분노로 서로의 머리를 잡아 뜯다 지쳐나가떨어진다. 내가 지도자였다 해도 후계자에게 같은 운명을 밟게 했을 것이다. 그와 나, 나와 그는 수십 번도 더 자리를 교체했을 터이며 영원 속에서 똑같은 사건들이 그만큼 되풀이되었을 것이다. 그의 동상이 군중에 의해 쓰러지고 사람들이 동상의 머리를 산산조각 낸 순간에도 내가 마음의 위안이나 휴식을 찾을 수 없었던 것은 이 때문이었다. 끝도 없이 방황해야 하는 이 음산한 지대에서 나를 둘러싸고 있는 모든 것이 그렇듯이 메마른 고뇌만이 존재한다.

이것이 우리의 모습이다.

당신들이 슬퍼하거나 애석하게 여길 필요가 없는 것도 이 때문이다. 우리가 아들들에게 원수를 갚아줄 것을 요구하면서 탑이나 박물관 주위를 떠도는 중세 유령의 모습으로 나타나기를 기다려서는 더더욱 안 된다. 우리는 있을 수 없는 아버지들이었고, 그리하여 있을 수 없는 아내와 아들, 딸밖에는 가질 수 없었다.

우리가 어떤 점에서 잘못된 건지 알려고 하지 말았으면 한다. 우리는 우주의 대질서 속에서 생겨난 오류의 자손일 따름이다. 우리가 실수로 이 세상에 와서 저주받은 무리를 이루며 한 줄로 늘어선 채 앞서거니 뒤서거니 하면서 지도자나 후계자의 역할을 맡았듯이, 우리는 피와 재로 뒤덮인 채 그대들을 향한 대장정을 시작한 것이다.

기도나 회개는 우리에게 생소한 것이니, 그대들이 우리 영혼의 구원을 위해 촛불을 밝힐 생각은 하지 말았으면 한다. 차라리 다른 일로 기도해주기 바란다. 우리가 우주의 어두운 심연 속을 정처 없이 떠돌다가 한밤중에 멀리서 지구의 불빛을 발견하고는 우연히 고향 길로 들어선 암살자들처럼 "아, 저기가 지구다!"라고 외치지 않도록 기도하라. 고향집에 오기 위해 옆길로 빠지는 이 암살자들처럼 우리가 가던 길을 벗어나 그대들에게 다시 돌아오지 않도록 기도하라. 예전처럼 피 묻은 손에 복면을 쓰고서, 양심의 가책도 자비심도 없이, 할렐루야나 아멘을 입에 담지도 않은 채 그대들에게 새로운 불행을 안겨주러 돌아오지 않도록 말이다.

티라너-파리

2002년 10월~2003년 3월

공포가 어떻게 인간의 영혼을 잠식하는가

1980년대의 알바니아 수도 티라너를 무대로 한 이 소설은 이스마일 카다레의 비교적 최근작(2003년)으로, 알바니아 근대사 가운데 여전히 신비의 베일에 가려져 있는 사건을 다루었다. 즉, 알바니아의 공산 독재자 엔베르 호자의 총애를 받던 후계자 메메트 셰후가 1981년 12월 14일 새벽에 총에 맞은 시신으로 발견된 사건이다. 공식적인 발표는 신경쇠약으로 인한 자살이었지만 그후 이 죽음을 둘러싸고 무수한 소문과 의혹이 나돌았으며, 사건이 있은 뒤 이십육 년의 세월이 흐르고 알바니아 공산 독재정권이 무너진 지 십육 년이 지난 오늘날까지도 그 비밀은 풀리지 않고 있다. 이 소설에서 그저 후계자, 지도자 동지(혹은 그분)로만 언급되는 실제 인물은 메메트 셰후와 엔베르 호자인 셈이다.

일종의 '실존적 추리소설'이라 할 만한『누가 후계자를 죽였는가』는 단순히 살인의 미스터리를 다룬 책이 아니다. 후계자가 죽던 날 밤 실제로 무슨 일이 있었을까를 두고 카다레는 수많은 버전을 제시하며 교묘한 변주를 시도한다. 그리고 미스터리 요소들이 이 변주와 결합하여 공포가 어떻게 인간의 영혼을 잠식하는지를 보여준다. 공포 정치의 본질에 대한 반성의 결과물이라 할 만한 이 소설 속에서 우리는 호자 정권의 안개 속에 감추어져 있던 범죄와 맞붙어 겨루려는 작가의 단호한 의지를 읽을 수 있다.

그러나 카다레는 죽음의 진상을 밝히거나 답변을 제시하지 않으며, 오히려 불투명한 소문의 직조로 짜인 불확실성의 세계로 독자를 인도한다. 그리고 1980년대 알바니아의 그늘진 공포 분위기를 전달하기 위해 보고문에 가까운 냉정하고 객관적인 어법을 사용하는데, 이런 그의 문장은 우리를 경악하게 하거나 갑작스레 침범해 들어오는 대신, 사색적으로 굽이치듯 나아가면서 한 인물에서 다른 인물로 서서히 미끄러져 들어간다. 또한 부조리를 다루는 작가의 예리한 감각에 힘입어 하나의 가정에서 다른 가정으로 넘어가며 이 사건에 가장 가깝게 연루되어 있는 인물들의 내면으로 파고든다. 이 과정에서 더없이 파괴적인 인간의 자만과 광기가 드러나는데, 특이한 점은 이런 순간에마저 독자를 위로하며 어루만지는 작가의 역설적인 힘이 느껴진다는 사실이다. 이 광기의 중심에 위치한 호자마저도 로봇이나 얼음 인간으로 그려지지 않고 때로 자아를 돌아보는 센티멘털한 사람으로 묘사되며, '검은 야수' 역시 혹사시켜서는 안 되는 섬세한 그 무엇으로 감싸 안는다. 체제의 명목으로 희생당하는 수잔나는 감수성이 풍부한 여자로 사랑을 절망적으로 추구하는데, 이 대목에 이르면 사랑과 섹스에 대해 솔직담백하고 정열적인 작가의 터치를 목격하게 된다.

이 소설은 호자, 셰후, 바슈킴 같은 실존 인물들을 그저 지도자 동지, 후계자, 아들로만 언급함으로써 묘한 느낌을 전달하는 한편, 이야기가 전개되어나감에 따라 실제 사건이 우주적 차원을 부여받는다. 격언과 민담, 전설, 선조들이나 선례에 대한 언급이 자주 나오며, 집에 내려진 저주나 이승과 저승을 분리하는 황무지, 친척인지 비밀경찰요원인지 무덤에서 돌아온 유령인지 알 수 없는 늙은 고모 등이 등장하는데, 그로 인해 소설 전반에 환상에 사로잡힌 듯한 분위기가 형성된다.

꺾을 수 없는 비인간적인 힘의 손아귀에 든 인간의 현실이 카프카 식의 수식 없고 건조한 문체를 통해 표현되면서 줄거리가 진전됨에 따라 우리는 가슴이 점점 옥죄어오는 것을 느낀다. 그러나 작가 자신이 완벽한 냉정을 유지함으로써 코믹한 절망이 곳곳에서 감지되며, 냉소적이지도 절망적이지도 않은 우울한 웃음이 작품 깊은 곳에서 솟아난다. 이런 그의 문장들을 따라가노라면 사물들의 표징을 읽고자 하는 작가의 끈질긴 집착이 전해져오며, 텍스트 자체가 미스터리를 담고 있어 완전히 파헤쳐지기를 거부한다는 느낌을 받는다. 이 소설에서 다루어지는 사회는 불확실성에 지배당하는 고립된 전체주의 사회로, 실제로 모든 것을 통제하는 장본인처럼 보이는 지도자 동지 자신마저도 불확실성을 신봉한다. 카프카의 경우처럼 꿈과 현실이 만나면서 악몽이 실제로 어디서 시작되는지 가늠할 수 없게 되는 소설의 분위기가 바로 같은 이중의 불확실성에서 기인하지 않나 싶다.

우리는 지도자 동지가 후계자의 죽음에 직접적으로 연루되어 있음을 느끼지만 텍스트에서는 그 운명의 날 밤 후계자의 집에서 정말로 무슨 일이 벌어졌는지 지도자 동지 자신도 모른다고만 언급되며, 궁극적으로 '진실에 대해 관심이 없는' 그의 모습을 목격한다. 결국 작가는 최종적으로 무덤 저편의 존재인 후계자의 관점에서, 죽은 자의 고백을 상상하는 데서 진실을 찾는다. 그러므로 이 소설 속에서 진실은 등장인물들의 말이나 행동이 아닌 신비로운 내면의 영역, 모든 위대한 문학이 추구하는 초월적 영역에서 찾아지는 것이다. 『누가 후계자를 죽였는가』가 그 혹독한 비극적 성격과 맞물려 이상하게도 우리를 고양시키는 것도 이 때문일 것이다. 이야기가 전개되는 매 과정마다 우리는 숨 죽이며 그 줄거리를 따라가지만 결말에 이르러서도 진전된 것은 아무것도 없다. 그러다가 마지막 장면에 이르면 전체적인 어두운 색조에도 불구하고 인간의 잔인성과 좀스러움이 우주적 울림 속으로 멀어져가는 듯한 이상한 느낌을 받게 된다.

『누가 후계자를 죽였는가』(2003년)는 2부작의 두번째 작품이며 그 첫번째는 훨씬 앞서 씌어진 『아가멤논의 딸』(1983년)인데, 『누가 후계자를 죽였는가』에서 다루어지는 사건의 주요 모티브인 수잔나의 약혼이 『아가멤논의 딸』에서는 전면에 부각되며 이야기의 초점을 달리해 또다른 각도에서 이야기된다. 한데 알바니아 역사의 정치적 사건에서 출발하는 이들 소설의 줄거리를 따라잡기 위해 발칸 국가들에 대한 상당한 지식을 소유할 필요는 없어 보인다. 『누가 후계자를 죽였는가』의 발문에서 작가자신도 밝히고 있듯이 이 소설의 이야기는 알바니아의 정치 현실을 넘어서서 인류의 영원한 기억의 샘에서 길어 올려진 것으로서 모든 세대를 조명하고 있기 때문이다. 수잔나의 호소력 있는 소망, 즉 그저 '다시 살 맛 나는 세상이 되었으면' 하는 단순한 소망이, 사회주의가 표방하는 밝고 환한 가공된 현실 속에서는 불가능하다는 것을, 또 이런 현실의 실체가 얼마나 황폐한 것인지를 일깨워주고 있다.

이 소설의 한국어 번역은 테디 파라브라미(Tedi Paravrami)가 알바니아어에서 프랑스어로 옮긴 『*Le Successeur*』를 사용했음을 밝혀둔다.

2008년 1월

이창실

• 출간 연도는 알바니아 출간을 기준으로 했으나, 프랑스에서 초판이 나왔을 경우 프랑스어판 출간 연도를 썼다. 카다레는 출간 후에 작품을 다시 손보는 경우가 많기 때문에, 개정판과 초판이 중요한 부분에서 다른 작품이 많다. 아래 연도는 확인되는 한에서 초판 출간 연도를 표기했다.
• 원제는 프랑스어로 표기했으며, 영문판 제목이 프랑스어판과 다를 경우 영문판 제목도 함께 넣었다.
• 카다레 전집은 1993년부터 2004년까지 프랑스 파이야르 출판사에서 총 12권으로 출간되었으며, 프랑스어판과 알바니아어판으로 동시에 출간되었다.

『죽은 군대의 장군』(*Le général de l'armée morte*), 장편소설, 1963. (▶ 국내 출간, 문학세계사, 1994.)

『이 산들은 무슨 생각을 할까』(*What are these mountains thinking about*), 시집, 1964.

『결혼』(*La peau de tambour*, 영문판 제목은 *The Wedding*), 장편소설, 1968.

『성(城)』(*Les tambours de la pluie*, 영문판 제목은 *The Castle*), 장편소설, 1970.

『돌에 새긴 연대기』(*Chronique de la ville de pierre*), 장편소설,

1971. (▶국내 출간, 오늘, 1995.)

『어느 수도의 11월』(*Novembre d'une capitale*), 장편소설, 1975.

『위대한 겨울』(*L'hiver de la grande solitude*, *Le grand hiver* 두 제목으로 출간되었음), 장편소설, 1977.

『세 개의 아치가 있는 다리』(*Le pont aux trois arches*), 장편소설, 1978.

『치욕의 둥지』(*La nich de la honte*), 장편소설, 1978.

『부서진 4월』(*Avril brisé*), 장편소설, 1980. (▶국내 출간, 문학동네, 1999.)

『누가 도룬틴을 데려왔나?』(*Qui a ramené Doruntine?* 영문판 제목은 *Doruntine*), 장편소설, 1980.

『우울한 해』(*L'année noire*), 장편소설, 1980.

『눈 속에 얼어붙은 결혼 행렬』(*Le cortège de la noce s'est figé dans la glace*), 장편소설, 1980.

『꿈의 궁전』(*Le palais des rêves*), 장편소설, 1981. (▶국내 출간, 문학동네, 2004.)

『H서류』(*Le dossier H*), 장편소설, 1981. (▶국내 출간, 문학동네, 2000.)

『콘서트』(*Le concert*), 장편소설, 1988. (▶1970년대 중국과 알바니아와의 관계를 건드린 작품으로, 1978~1981년에 집필되었으나 검열에 걸려 7년 동안 출판 금지되었음.)

『피라미드』(*La pyramide*), 장편소설, 1990.

『알바니아의 봄』(*Printemps albanais*), 에세이, 1991.

『괴물』(*Le monstre*), 장편소설, 1991. (▶ 1965년에 단편으로 출간되었으나 검열에 걸림. 이후 장편으로 개작.)

『작가의 작업실로의 초대』(*Invitation à l'atelier de l'écrivain*), 에세이, 1991.

『달빛』(*Clair de lune*), 장편소설, 1992.

『그림자』(*L'Ombre*), 장편소설, 1994. (▶ 집필은 1984~1986년.)

『독수리』(*L'aigle*), 장편소설, 1995.

『알바니아』(*Albanie*), 에세이, 1995.

『전설 속의 전설』(*La légende des légendes*), 산문, 1995.

『발칸 반도의 얼굴』(*Visage des Balkans*), 에세이, 1995.

『알랭 보스케와의 대화』(*Dialogue avec Alain Bosquet*), 산문, 1996.

『악과의 작별』(*Les adieux du mal*), 장편소설, 1996.

『스피리투스』(*Spiritus*), 장편소설, 1996.

『천사의 사촌』(*The angels' cousin*), 에세이, 1997.

『코소보를 위한 애가(哀歌)』(*Trois chants funèbres pour le Kosovo*), 단편집, 1998.

『남쪽으로 날아가는 철새』(*L'envol du migrateur*), 소설집, 1999.
   (▶ 집필은 1986년.)

『4월의 서리꽃』(*Froides fleurs d'avril*), 장편소설, 2000.

『아가멤논의 딸』(*La fille d'Agamemnon*), 장편소설, 2003. (▶집
　필은 1985년.)

『누가 후계자를 죽였는가』(*Le successeur*), 장편소설, 2003.

『햄릿, 불가능의 왕자』(*Hamlet, le prince impossible*), 에세이,
　2007.

옮긴이 **이창실**

이화여자대학교 영어영문학과를 졸업하고, 프랑스 스트라스부르대학 응용언어학 과정을
이수한 뒤, 이화여자대학교 통번역대학원 한불과를 졸업했다. 옮긴 책으로 『앙드레 말로』
『글렌 굴드, 피아노 솔로』『프란츠 카프카의 고독』『누보 로망, 누보 시네마』『키에르케고
르』『번영의 비참』『길모퉁이에서의 모험』『빈센트 반 고흐』 등이 있다.

문학동네 세계문학
누가 후계자를 죽였는가

초판인쇄	2008년 2월 18일
초판발행	2008년 2월 22일

지 은 이	이스마일 카다레
옮 긴 이	이창실
펴 낸 이	강병선
책임편집	이후남 조현나 이은현
펴 낸 곳	(주)문학동네
출판등록	1993년 10월 22일 제406-2003-000045호

주 소	413-756 경기도 파주시 교하읍 문발리 파주출판도시 513-8
전자우편	editor@munhak.com
전화번호	031) 955-8888
팩 스	031) 955-8855

ISBN 978-89-546-0473-4 03890
www.munhak.com